花
千
樹

陳雲 著

目錄

乙、漢文與漢語

丙、華夏在香港，粵語架勢堂

序言

深夜，你聽一下粵語電影明星關德興的黃飛鴻電影系列、重溫粵劇名伶馬師曾的粵劇演出，你會發現你講的香港粵語腔調比他們的平板，但句子比他們的複雜，你講的香港粵語，並非母語狀態的粵語，而是一種現代大城市的交流語。粵語是香港官話，是香港的官方中文交流語，有一百多年的公共使用基礎，粵語在香港已經提升到雅正的官話程度。香港粵語是大都會粵語，不是鄉下話也不是省城話，而是現代國際大城市的語言。粵語在香港和海外華人的地位，猶如香港的 BBC Chinese（倫敦廣播電台級數的中文）。

保衛香港粵語有兩大原因，一是雅正論，二是自足論。粵語繼承雅正的華夏古語及百越土語，此為粵語的雅正論。此外，粵語在香港國際大城市通行一百多年，吸納外語新知，語彙日新月異，至今雅俗兼備，可以講堂論學、法庭審案、議會宣政、醫院診症，可以市井拍戲、街頭罵人、床上調情，粵語在香港是全套語域的使用，由上到下，由雅到俗，其語言功能自給自足，此為自足論，毋須引入普通話來補救。

筆者從政府退任之後，在大學教中文七年，從不講母語教學，只講中文教學，香港教中文必須用粵語，學中文必須用粵語，即使是北方人要學好中文，最好也兼學粵語，這也是中國北方好多大學中文系的看法。

周星馳電影話齋，「人同妖精都有阿媽生，不過人有人那媽，妖有妖那媽」。九七之後，時任特首董建華引入母語教學論，母語論是控制香港人，將香港人洗腦的政治詭詞。母語教學是保護弱勢的教學講法，是用來保護弱勢族群的語言，是多元文化主

義政策，不是主流政策。如果你接受母語教學的講法，在普教中的強勁攻勢之下，粵語在香港學校就變成弱勢語言——保不保護就看學校資源，要學校大發慈悲，你的子女才可以享用粵語的中文教學。目前香港正是這種情況，在居住的地區發現一間「粵教中」的學校，恍如皇恩浩蕩。

母語是將香港人逐出主場，將香港人與新移民等同的觀念。你的母語是廣東話，新移民的母語是普通話，大家咁高咁大。你跟住政府的問題來團團轉，自己回答，說我的母語是廣東話，你就中計，自己「瀨嘢」。你變成在自己家園內的陌生人。因為你跟住講母語這個觀念，香港就變到「阿媽都唔認得你」。

近來四出營生，事情忙亂，是書出版倉促，頗多未窮之理、未盡之言，然則香港文化勢危，粵語備受排擠，必須力挽狂瀾，刻不容緩，唯有整理手稿付印，拋磚引

玉，以待來者。感謝花千樹出版社編輯麥翠珏小姐協助。

陳雲　序於香港沙田

中華民國一百零七年夏曆戊戌年五月初七日

西元二〇一八年六月二十日

甲、官話論與母語論

母語觀念令你在故土變成異鄉人

二〇一八年五月，傳媒報導香港特區政府教育局在小學中文網上教學資源頁面，上載香港中文大學普通話教育研究及發展中心榮譽專業顧問宋欣橋一篇文章[1]，稱粵語只是漢語其中一種方言，不是嚴格意義上「母語」。宋欣橋是大陸學者，歷任北京普通話培訓教師及國家普通話考官。此文章經報紙評點之後，猶如平地一聲雷，驚醒香港人。宋文如此說，「香港人中絕大多數人的民族屬於漢族。那麼，有關香港人母語的較為確切的表述應該是：香港漢族人的母語是漢語。〔……〕粵語屬於漢語，但通常我們不會用粵語——一種漢語方言來代表漢民族的語言。明確地說，一種語言中的方言不能視為『母語』。因此，把『粵語』稱作『母語』，不是嚴格意義上『母語』的含義。」

宋欣橋之言，令香港的語言學者察覺，原來九七之後董建華政府推出的母語論，是有伏筆的，甚至是陷阱。香港華人的母語是中文（華文、漢文、唐文），然而由於母語是歐洲的拼音文字觀念，歐洲各地提倡民族土語（native or vernacular language），脫離拉丁文、脫離羅馬教會而民族建國（nation-building）。源自民族土語的歐洲母語觀念，用於漢文漢語，並不適合。中文有書面語、共同語及地方語言的分別，而各種漢語語種（所謂方言）共同享有的書面語是文言與白話，而白話雖然建基於北方官話，卻包含不少文言語彙與句法，也收入不少江浙、山東及北京的方言土語，而這些方言土語更因為偏於一隅，有不少古代語言的遺留。漢字是各種漢語語種的共同書寫方式[2]，華夏各地不會因為語音不同而有一套不同的漢字書寫。中國自從秦朝統一文字（小篆），漢朝統一文言及漢楷，並且在朝廷推行雅言（官方交流語、官

1 〈淺論香港普通話教育的性質與發展〉，《集思廣益（四輯）：普通話學與教經驗分享》，教育局官方網站，二〇一七年三月十五日存取。見 http://www.edb.gov.hk/attachment/tc/curriculum-development/kla/chi-edu/resources/primary/pth/jisi4_24.pdf。

2 雖然中華人民共和國制定了簡化字，並且立法強制全國使用，但簡化字也是源於漢楷的正體字、行草及民間流行的簡筆字，可以輕易讀懂。

話）之後，各地沿用地方漢語交談及教學，書寫用漢楷，書面語用文言及白話，上京做官才學官話，華夏的語言處理方法一直至於清末民初，相安無事。香港直至現在，也是沿用王朝中國的做法，只是制定中文為官方語言，默認粵語為此地通行的華人交流語。一九九七之後，香港特區政府推出母語觀念，無疑是在漢語區引入歐洲觀念，顯然是無事生非。

九七之後的母語之論，是控制香港人，將香港人洗腦的政治話題，此話題由第一任特首董建華引入，稱之為「母語教學政策」，令好多不符合資格的英文中學被迫轉去中文教學。然而，之後政府推出普通話教中文的特殊師資津貼[3]，不少學校為了貪圖多幾個教師減輕教學及行政負擔而轉用普通話教中文，甚至全校課程用普通話教學，校園也流行普通話談話。

一個歷史悠久的地方忽然提起母語問題，是奇怪的。甚麼時候，你會被問及自己的母語是甚麼？在外國。例如閣下去了法國定居，移民官會循例問閣下的母語是甚麼，因為閣下在法國是外國人，是移民。法國官員會不會問一個看來是法國人的國民，他們的母語是甚麼？不會的。法國人在自己家鄉被問及母語是甚麼，會感受到被冒犯的（being offended）。問題是，香港人竟然不會覺得是被政府冒犯了。

母語是令你自我與故國故土脫離的觀念，將香港人與新移民等同的觀念，你的母語是廣東話，新移民的母語是普通話，正所謂大家咁高咁大，普通話是中國主流口語，但廣東話在香港多人講，大家打個和啦。你跟住政府的問題來團團轉，自己回答，說我的母語是廣東話，你就中計，自陷死地。你變成在自己家園內的陌生人（stranger in one's homeland）。因為你跟住講母語這個觀念，香港就變到「阿媽都唔認得你」。至於大陸新移民，母語論令他們理直氣壯講普通話，抗拒學粵語。

你以為共產黨好蠢？不會吧。港共政府高層，有一群專家，他們在玩弄邪惡的群

3 二〇一四年，普教中的學校津貼一百四十萬元，教師的母語須為普通話，即是請大陸教師來港工作，將大陸的中文及意識形態傳來香港。

眾心理學與語言改造——這是中國共產黨的長技。例如廣東話明明是講「早晨」，頂多是跟隨文人雅言，講「早安」，但一群在香港土生土長、五六十歲的港官，偏偏跟隨北方土語，講「早上好」。

母語教學是甚麼時候用的呢？

講一下，甚麼是母語教學政策。告訴各位吧，這個政策是用來保護弱勢族群語言用的，印第安人語言，澳洲土著（aborigine）語言之類。例如在瑞典和挪威這些北歐福利國家，如果你是越南人的子女，當地的學校除了用瑞典話、挪威話來教學之外，會額外聘請一位教師來教你越南話，以免你的弱小母語丟失。母語教學是多元文化主義（multiculturalism）政策，而不是主流（mainstream）政策。你接受母語教學，就已經讓了個位給「普教中」埋你身，跟住「普教中」就食埋你「粵教中」個位，最後，你無碇企。

換句話說，母語教學並非主流教學的講法，而是保護弱勢的教學講法。故此，如果你接受母語教學的講法，粵語在香港學校就變成弱勢語言——保不保護就看學校資源，要學校大發慈悲，你的子女才可以享用粵語的中文教學。目前香港正是這種情況，家長在自己地區發現一間碩果僅存的粵教中的學校，好像皇恩大赦[4]。例如香港的大學裏面，大多數香港華人是講廣東話的，廣東話是主流，但一旦有幾個普通話人，教授就要轉為普通話教學，會議也轉為普通話會議，這就證明母語觀念令你變成弱勢族群，逼你遷就普通話的強大主流。至於香港特區政府是否會好似北歐國家一般，聘請粵語教師教你的子女，看來是不會了。

粵語在香港的地位：香港官話

中國統治香港是需要共識的，也需要香港人來合謀，特別是文化教育的事，中共不能強迫，它必須欺騙。

4 二〇一四年，七成五的小學採用普教中，兩成五的中學採用普教中。

粵語是香港官話，是香港的官方中文交流語，有一百多年的公共使用基礎，粵語在香港已經提升到雅正的官話程度，不能改變，也毋須辯論。九七之後，董建華時期刻意拿出來辯論，而且用「母語」這個詭辯詞，是要香港人中計。好多香港左膠學者和文化人不學無術，不知道這些語言政策的陰謀所在，紛紛跟住港共政府講，粵語是自己母語。

我從來不講母語教學，我講中文教學，而教中文，必須用粵語[5]，不會改變，也毋須辯論。廣東話是香港官話，不是香港母語。香港教育局聘請大陸學者，否定廣東話是香港人的母語，將粵語貶為方言。問題是：母語是甚麼？

告訴大家吧。母語這個觀念極之危險。母語源自歐洲的民族土語的觀念，用母語教學的觀念，將粵語列為香港人的母語，必然一敗塗地。九七之後，董建華提倡母語教學，大家以為是廣東話教學，但其後就出現「普教中」，在香港人的兒童年齡群體裏製造普通話的母語基礎，這顯示了母語是個迷惑香港人的觀念。

粵語不單只是到目前為止大多數香港人的土語，粵語更是南方官話。粵語是中原華夏雅言之南方流傳，既是華夏南方之交流語，也保留了華夏古語（主要是隋唐官話）的寶貴語音、語調、詞彙和文法，傳承了華夏古代文明，旁及百越（南方的眾多粵族）語言和文明。

如果用母語的觀念來看，香港必須採用複合的語言政策（composite language policy），普通話（北方官話）就必須列入教學語言。

香港好多本土運動的鼓吹者（尤其是偽港獨派），不明白我的學術判斷，他們將香港話（俗化的香港土語）列為香港人的母語，而不知道這正是中了共產黨的奸計，因為一旦在香港的大陸移民眾多，例如達到三四成，香港土語就沒有地位。而堂堂學生會的官方電郵竟然用香港土語（鄙俗的廣東土話）寫作，而不是用簡潔文言，更令大陸留學生認為香港是蠻夷之地，加強了他們講普通話時候的高傲。

5　詳見拙著《粵語學中文，愈學愈精神》，香港：花千樹，二〇一四。

粵語是香港官話，是香港人在正式場合用的中文交流語。粵語是不是你的母語，這個不重要，重要的是，它是香港官話。這個夠清楚了吧？

香港人的幸運，是當年英國殖民者採用雅言的觀念。在清朝的時候，英國派遣殖民官上廣州跟隨清朝的翰林太史學習中文和《四書》，在省城的學館書齋認識優雅言談，殖民官將廣府話列為香港的交流中文，而且將廣東話雅化、純化，將粵音提升成為雅正的電台語言和學校語言。如果當年英國殖民政府採用土語或母語觀念，應該是圍頭話、客家話、潮州話、河洛話、蜑家話成為香港的交流語，而且粗話連篇，而不是當年雅正的廣府話。大家可以比較一下廣州的電台，由於不是用雅言，故此他們用的粵音是粗鄙土氣的，自丟身價，令北方人不尊重廣東人。馬來西亞的粵語廣播和客家話廣播也是粗鄙的土語，而不是文人雅言。廣東省的鄉鎮電台的地方語言節目，用的也是鄉野土談，這些正是母語，但未有經歷城市交流和文雅提升，故此在中國現代化之後，依然大致停留在民國初年的土語狀態。

筆者是客家人，但我也會講好粵語和推廣雅正的粵語，因為粵語在香港是雅言。一旦採用武斷的母語觀念，我是應該排斥粵語的。至於台灣人講的閩南話，是古漢語的遺留，也是隋唐音調，有些更可以追溯到周朝末年，但台灣的本土運動行了歪路，台灣人推廣的是民間的土話，不是雅正的閩南話。

最後必須一提，廣東省和廣西省（兩廣）的漢語語言種類繁多，廣府話是經過長期的時間考驗而成為兩廣的交流語的——兩廣人民稱之為「白話」，就是大家聽得懂的交流語，期間沒有官方勢力推廣或壓迫，有兩廣人民的共識。兩廣人民長期認同廣府話為雅正的交流語，正是源遠流長，眾望所歸。然則今日廣州青年一代已不能用粵語交談正經事，少年一代更是討厭用粵語交談，保衛粵語的重鎮剩下香港了。只要香港人不自暴自棄，不被官方用詭詞綺語誘惑，粵語的官話地位，仍可保住的。

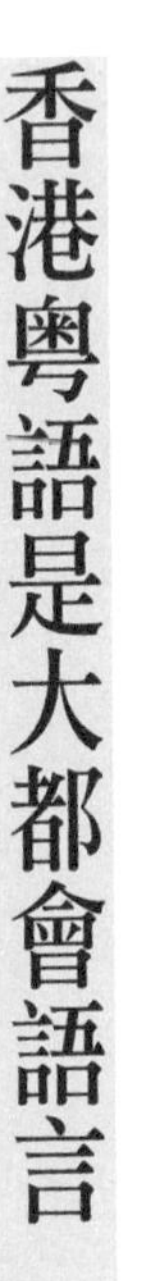

香港粵語是大都會語言

香港粵語是香港的大都會粵語，不是鄉下話也不是省城話，而是現代國際大城市語言。粵語在香港和海外華人的地位，猶如香港的BBC Chinese（倫敦廣播電台級數的中文）。

保衛香港粵語有兩大原因——雅正論與自足論。粵語繼承雅正的華夏古語及百越土語，可以說服其他漢語族群接納粵語為交流語，此乃粵語的雅正論。再者，粵語在香港國際大城市通行一百多年，吸納外語新知，語彙日新月異，至今雅俗兼備，可以講堂論學、法庭審案、議會宣政、醫院診症，可以市井拍戲、街頭罵人、床上調情，粵語在香港是全套語域（all language registers）的使用，由上到下，由雅到俗，其語

言功能自給自足，毋須引入普通話來補救。

港式粵語之寶貴，是英治政府用公共廣播及學校宣教方式（學校用演講、朗誦及話劇訓練香港粵音腔調），使得來自廣府話的音韻，經過新聞報導、政府宣政、現代粵劇、國學、說書、廣播劇、現代流行曲、西洋聲樂（藝術歌曲及流行曲的粵音發法）等方式，由土俗的市集廣東話（folklore marketplace Cantonese）、優雅的粵劇廣東話（elegant opera Cantonese）的廣府話的地位，開展到香港的大都會粵語（metropolitan Cantonese）的地位。例如羅文主唱的《獅子山下》於一九七九年推出時，令香港聽眾耳目一新，此曲的唱法，有來自粵劇腔口的發音，也有西洋聲樂的粵語聲樂造詣，令作曲家顧嘉煇和作詞家黃霑都讚歎不已，令此歌起死回生。此歌傳頌至今，熟悉的旋律，渾厚而親民的粵聲，顯示香港先輩篳路藍縷，與華夏南海邊陲，建設港人樂土之心願。《獅子山下》於一九七二年首播，香港電台製作，主題曲原本是傳統粵樂《步步高》，監製張敏儀在一九七九年革新編導及製作模式，需要全新的主題曲，於是找來黃霑和顧嘉煇，據黃霑的手稿複製本，此歌末句「不朽香江名句」，初稿為「香港千秋萬歲」。作詞家鄭國江認為「不朽香江名句」較佳，此句沒具體內容，聽眾可自行演繹。

香港粵語結合古文、現代觀念、英式國際禮儀，可謂入得廚房、出得廳堂、上得大床，是現代香港的通用中文語言。香港將粵語光大發揚的過程，猶如BBC電台將王室英文紆尊降貴，略為市民化，變成倫敦大都會的英語，之後用學校教育和文化產品傳播到全世界。英國寄宿學校也講一套類似BBC級數的英文，令到英國精英學童和海外富貴學生得到腔調訓練（acquired accent），成為有教養的英文人（educated English speaker）。這正正是共產黨要消滅香港粵語的原因，因為實力強勁。

粵語在香港，經歷語域提升的過程（raising social register），粵劇、電台講古、流行曲、廣播劇、總督文告粵語配音等，為各位顯示粵語在香港從省城粵語（provincial Cantonese）蛻變為大都會粵語（metropolitan Cantonese）的過程。

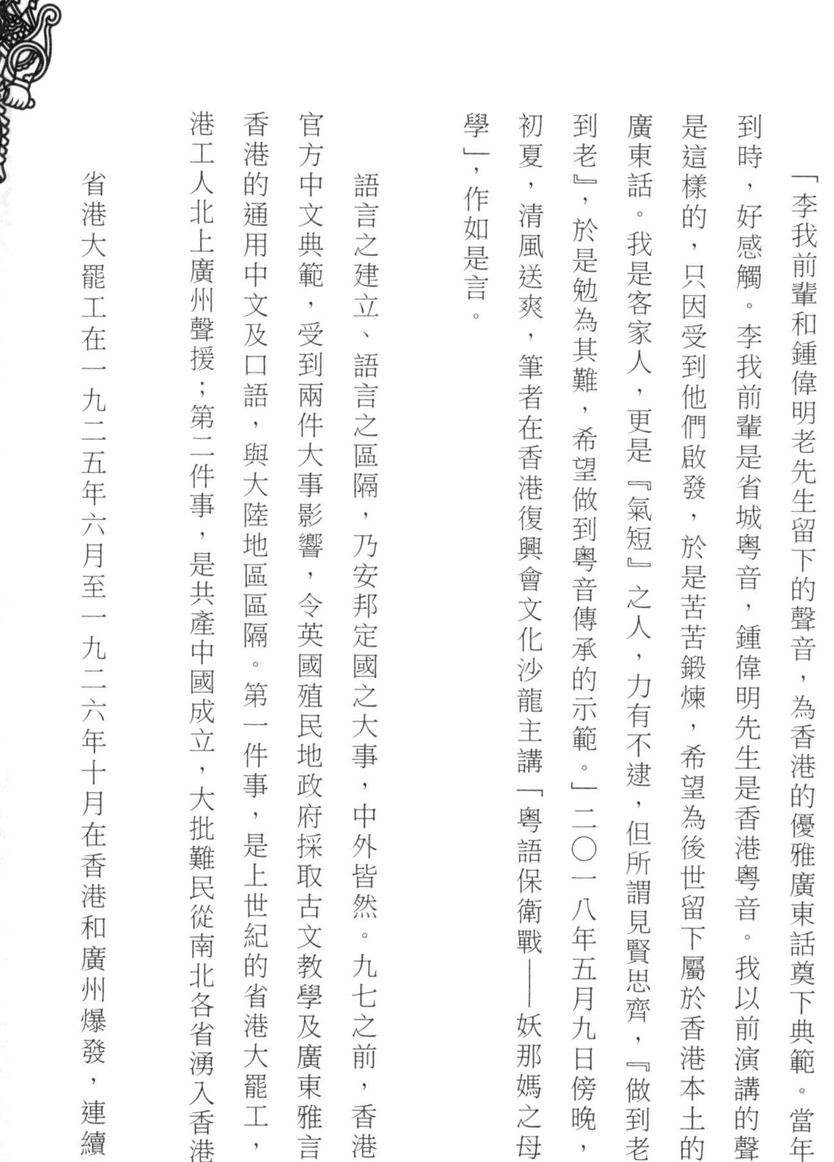

「李我前輩和鍾偉明老先生留下的聲音，為香港的優雅廣東話奠下典範。當年我聽到時，好感觸。李我前輩是省城粵音，鍾偉明先生是香港粵音。我以前演講的聲線不是這樣的，只因受到他們啟發，於是苦苦鍛煉，希望為後世留下屬於香港本土的優雅廣東話。我是客家人，更是『氣短』之人，力有不逮，但所謂見賢思齊，『做到老，學到老』，於是勉為其難，希望做到粵音傳承的示範。」二〇一八年五月九日傍晚，時值初夏，清風送爽，筆者在香港復興會文化沙龍主講「粵語保衛戰——妖那媽之母語教學」，作如是言。

語言之建立、語言之區隔，乃安邦定國之大事，中外皆然。九七之前，香港訂立官方中文典範，受到兩件大事影響，令英國殖民地政府採取古文教學及廣東雅言，令香港的通用中文及口語，與大陸地區區隔。第一件事，是上世紀的省港大罷工，令香港工人北上廣州聲援；第二件事，是共產中國成立，大批難民從南北各省湧入香港。

省港大罷工在一九二五年六月至一九二六年十月在香港和廣州爆發，連續十六個月，事件因上海工人領袖被殺而起，激起華人示威，英國軍警先後在上海租界及廣州鎮壓示威華人，俄國資助的共產黨在中國大陸發起反對外資的罷工，香港工會號召工人響應罷工，三萬名香港工人及市民往廣州聲援。廣州封鎖香港貨物（包括糧食）進出內陸，封鎖海運，令香港工業蕭條，出入口貨值在一年之內減少一半，經濟元氣大傷，市面接近癱瘓。香港工人北上支援罷工，得到的卻是無妄之災。此事令英國對香港平民捲入中國事務，影響香港經濟，並將香港拉入中國的民間政治，甚為戒懼，乃有後來的中港區隔之想。一九二七年，通曉漢文及廣東話的港督金文泰（Cecil Clementi）在香港大學設立中文學院，聘請前清翰林賴際熙、區大典為教習，在香港啟動古文教學，抵抗來自民國的白話文運動，奠下香港與中原的文化區隔政策。故此省港大罷工對香港的文化影響，大於後來的一九六七年暴動。

第十七任港督金文泰乃古典學者，於牛津大學修讀文學，碩士畢業，精通希臘文、拉丁文和梵文，是當年英國的遠東問題專家，他精通漢學，曾在中國境內旅行，由新疆至廣州。一八九九年畢業後加入遠東工作，獲派廣州，學習中文，一九〇〇年

粵語考試及格，一九〇六年北京官話考試及格，並受命到廣西擔任救荒工作，派往香港服務，任職新界助理田土官、裁判司等。他雅好漢文，書法了得，青山禪寺之牌匾「香海名山」四字，即其手筆。他熱愛廣東文化，曾翻譯招子庸的《粵謳》為英文，取名 *Cantonese Love-Songs*。是故香港廣東話地位之提升，頗多得之於士大夫金文泰之功。

一九五四年，因大批難民在中共建國之後由廣東抵港，加上其他省份的難民，大概有八十多萬人，英治政府決定將香港電台廣播定為粵語。在此之前，香港電台每日的中文新聞有四種語言，先是粵語，然後依次是國語、潮語及客語。大量難民自廣東、福建及江浙湧入香港，殖民政府的做法是取消其他漢語語種廣播，強迫其他華人採用廣州話為共同語，促成香港的粵語正宗地位。加上其他電台及後來的電視台響應，粵語進入香港國際大都會的公共生活而得到提升。

廣播電台及影視娛樂之現代粵語

上世紀五十年代之後，收音機電台之廣播劇，有來自明清白話說書，配合粵語小調播出，將昔日省城茶樓或市集的講唱，改為空中廣播，而且採用粵語將北方官話體系的說書詞彙和成語套話本土化，成為廣東雅言。宋郁文、何雅如在收音機電台講論《三國演義》、《東周列國志》等，用語之古雅，如廣州課堂講授，將清末民初之雅言傳播香港。明清市集的市民階級的優雅言談和敬語，巧妙地轉為香港的城市中產階級話語，令香港的廣東話較為文雅，脫離鄉土味。電視、電影也多搬演北方白話文學，如將明朝馮夢龍編撰之《三言二拍》的民間傳奇改編電視劇，當中，無綫電視翡翠台的《民間傳奇》（一九七四至一九七七）是表表者。

電台及電視台的改編之中，更有來自經典西洋小說或戲劇，配合學校之課外讀本（如《基度山恩仇記》、《福爾摩斯探案》之類），將西洋文化用粵語轉達。中國五四新文學作品也大量改編為粵語上演，例如巴金、魯迅小說改編為粵語電影，巴金的《雷雨》，魯迅的《故鄉》（改編為《祥林嫂》）、《阿Q正傳》等等，都是當年香港人耳熟能詳之情節，甚至周星馳在《喜劇之王》也一再調侃《雷雨》的對白，如媽媽告訴不知情而談戀愛的兄妹：「你地唔可以一齊，因為你地係兄妹來ga！」。這些都令粵語有強大的吸收及轉化現代北方白話和現代感性的能力。李我、蕭湘之電台講古（當年謂之「天空小說」），也如舊時說書，不過加入現代電台話劇技巧（一人扮演多種角色）及都市生活情節，令香港市民產生共鳴，令粵語可以表達當地人之恩怨感情。

香港在七八十年代，官方也暗中為粵語做王朝「正音」的工作[1]，只是效果差強人意。宋郁文、何雅如在廣播電台做正音辨字。筆者依然記得，宋郁文在香港電台第五台晚間主持《咬文嚼字》的語文短講，他指正「傀儡」的「傀」應該讀成[fui^{2}]（灰陰上聲），不能隨俗而讀如「塊」音，並解釋「傀儡」乃疊韻詞，俗讀「塊儡」是丟失疊

1 正音有校正音樂或校正讀音之意。此處之正音，是矯正語音之意。《南史・胡諧之傳》：「上……以諧之家人語傒音不正，乃遣宮內四五人往諧之家教子女語。二年後，帝問曰：『卿家人語音已正未？』諧之答曰：『宮人少，臣家人多，非惟不能得正音，遂使宮人頓成傒語。』」清人李漁《閒情偶寄・聲容・習技》：「正音維何？察其所生之地，禁為鄉土之言，使歸中原音韻之正者是已。」

韻詞的本色的。所謂疊韻詞，是雙音節詞的兩個字（韻腹和韻尾）一樣。疊韻詞和雙聲詞一樣，不能拆開來理解其含義，因為它們不是按意義而結合，而是按疊韻關係而結合，宋先生並説這些疊韻詞未必來自華夏中原雅言，多數是周邊諸侯國的方言甚至是外來語。他舉廣東話的疊韻詞「甲甴」為例，我們只能連説兩字，例如「今日見到一隻甲甴」，而不能説「今日見到一隻甲或者一隻甴」，此語令當時聽收音機的學生大為莞爾。

此外，香港中文大學中文系的何文匯一直在香港電台的收音機台及香港港台的電視節目教正音、反切（中文音韻學的反切讀法）及正字，其中《群星匯正音》（一九九五）使用明星效應的製作方法，後來也引起無綫電視製作《最緊要正字》（二〇〇六）。然而，何文匯採取的廣府話的正音標準就是宋朝的《廣韻》，此乃舊詩詞的韻書，而廣東話頗多讀音來自隋唐甚至秦漢，用《廣韻》來正音是系統化之音韻校正，卻犧牲了某些古音。況且《廣韻》也頗多缺失，《廣韻》頒行後二十九年（宋仁宗景

祐四年，西元一〇三七年），宋祁、鄭戩上書批評《廣韻》多用舊文，「繁省失當，有誤科試」，於是仁宗下令丁度等人重修，於仁宗寶元二年（西元一〇三九年）刊行《集韻》。

雖則如此，香港電台的正音運動仍有香港粵語的官方欽定色彩，香港電台在上世紀八十年代初期的廣播員發音，留下佳話。例如時間在「正音」之後，不讀「時諫」而讀時「艱」，報刊讀報「看」[hon1]，傍晚讀「磅」晚，購買讀「夠」買，機構讀機「夠」，核子讀[wat9]（搰）子之類。這些官方正音，引起頗大爭議，在報章上有哈公及王亭之等人的批評。

官話、通用語的目的是提升與融合

香港的粵語與廣東粵語之區隔，並非孤立和倒退，而是融合與提升。香港通用中

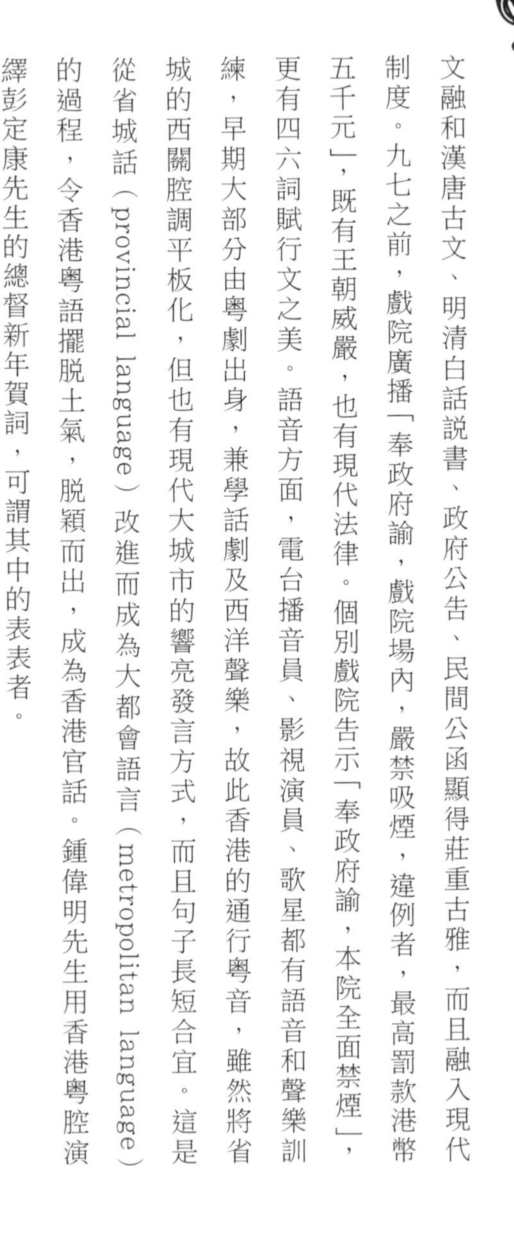

文融和漢唐古文、明清白話説書、政府公告、民間公函顯得莊重古雅，而且融入現代制度。九七之前，戲院廣播「奉政府諭，戲院場內，嚴禁吸煙，違例者，最高罰款港幣五千元」，既有王朝威嚴，也有現代法律。個別戲院告示「奉政府諭，本院全面禁煙」，更有四六詞賦行文之美。語音方面，電台播音員、影視演員、歌星都有語音和聲樂訓練，早期大部分由粵劇出身，兼學話劇及西洋聲樂，故此香港的通行粵音，雖然將省城的西關腔調平板化，但也有現代大城市的響亮發言方式，而且句子長短合宜。這是從省城話（provincial language）改進而成為大都會語言（metropolitan language）的過程，令香港粵語擺脱土氣，脱穎而出，成為香港官話。鍾偉明先生用香港粵腔演繹彭定康先生的總督新年賀詞，可謂其中的表表者。

三代香港人的粵語

香港的大都會粵語是如何建立的（the making of metropolitan Cantonese）？英治政府，如何將源自省城的廣東話變成BBC公共廣播級數的現代香港大都會粵語，這是一個香港語言學研究的大計劃。我們可以從香港的流行文化和影視娛樂見證香港粵語的建立過程，得知一鱗半爪：

一、上世紀五六十年代：關德興、新馬師曾、鄧寄塵等人的粵語，是廣州省城腔調，現代都市語調及詞彙不強，文句較短，鄉土氣息頗重。麗莎、仙度拉、鄭錦昌的早期粵語流行曲是放在任何粵語區都可以的，並非香港獨有。

二、上世紀六七十年代：陳寶珠、呂奇、謝賢、胡楓、梁醒波等人的都市粵語，廣州腔的高亢音調脱去，語調親切，文句適中，開始有香港特色。

三、上世紀七八十年代：尹芳玲、楊廣培、鍾偉明、羅文、周潤發、劉德華、林子祥的大都會粵語，語調渾厚或倔強皆可，有大都會的開朗與自信，文句可以頗長，而且有西化的 huh、霞吓（ha-ha「我聽到了」的意思）、um（表達遲疑的意思）等的發聲詞。這類新時代的發聲詞，用在英文口語也可以。如此粵語，香港獨有。

關德興在《黃飛鴻正傳》（上集，一九四九）是如何講話的呢？筆者謄寫了他在電影開頭，訓勉梁寬（曹達華飾演）的一段話[2]，給各位參考，看看省城粵語的語彙和句子。雖然語調無法用謄寫顯示，但也可以從文句推測一二：

黃飛鴻：嗱，你從今起，要尊師……重道，你時時刻刻，咪唔記我地學武嘅目的。你學武目的呢？大，為國家出力；小，你最低限度都要除暴安良，你又要畀心機D學武，你學好到你嘅體魄，有咗你嘅健強體魄呢，然後可以在於社會，做一番驚人嘅事業。我教你學功夫，你千祈咪記住，成日出外惹是招非，或者出外生事，你記得嘛？

梁寬：記得啦，師父！

黃飛鴻：起身啦。嗱，我畀封利是你。

梁寬：多謝師父。

黃飛鴻：等我再講我地流源嘅派別畀你聽。嗱，你睇，我地所學嘅武藝呢，就係少林寺嘅來源。（指向至善禪師畫像）呢一個就係至善禪師，當渠南來嘅時候呢，將渠少林功夫帶到廣東，一路傳到我地師祖陸阿采，由我地嘅師祖，又傳到我嘅先父黃麒英，由我嘅先父呢，又傳到我呢一代，我——然後傳到你哋一代啦。你哋知道嘛？你哋要畀心機學呀。（指向至林福成畫像）嗱，我再來介紹，呢位林福成師父呢，就是廣東鐵橋三師公，是著名嘅拳術家來嘅。鐵橋三師公呢，係發明咗一手鐵線拳，林福成師父呢，就係渠嘅得意門生。我手鐵線拳呢，就係係林師父處學嘅。所以，都算係……我師父，即係……你哋嘅師公，你要時時刻刻要紀念渠，咪忘記渠。嗱，我家陣叫你嘅師兄，耍套鐵線拳畀你睇下，耍兩路咁多，你要……睇真，要記住。

關德興在一九四九年的黃飛鴻電影講的「嗱」字，是普遍使用的發聲詞。到了一九八八年王家衛導演的《旺角卡門》（劉德華、張曼玉、張學友及萬梓良主演），張學友飾演的幫會散仔（小混混）「烏蠅」的口中，變成是挑釁的發聲詞，例如他在洞天冰室追數，豎起中指向人家說「嗱！刀疤，我大佬得一條咋，你有我切！」[3]。在周星馳導演

2 電影七分十二秒開始，至九分四十三秒。《黃飛鴻正傳（上集）》（又名：鞭風滅蠋），該電影由胡鵬導演。

3 《旺角卡門》電影，八分五十七秒。

及主演的《國產凌凌漆》（一九九四）之中，飾演達文西的羅家英在展示他發明的超級監視椅來對付解放軍侍衛的時候，也講過這個字：「噚！怕呢？係咪呀？」[4]即是說，「噚」字經歷現代香港的使用，從萬用的發聲詞變成特定意義的發聲詞。原本充當一般發聲詞功能的「噚」，就被「喂！」取代了。用「喂」來做一般的發聲詞，其表表者是黃毓民及鄭經翰，兩位「名嘴」在上世紀九十年代的電台主持時評及烽煙節目[5]，經常用「喂」來引起讀者注意。這些都是香港的現代影視及電台傳播對於粵語口語的影響，形成了香港粵語的過程。

一九八六年吳宇森執導，狄龍、周潤發、張國榮主演的動作片《英雄本色》，飾演Mark哥的周潤發對飾演宋子豪的狄龍說：「三年，我等咗呢個機會足足三年！我咁做，唔係要話畀人聽我威！而係要話畀人聽，我冇咗嘅嘢可以親手攞番！」這種香港粵語的發聲詞減到最少，而且不使用成語套話。

「我係西九龍重案組高級督察×××，依家懷疑你同一宗××案有關，請你跟我

地翻差館協助調查。依家唔係是必要你講嘅，除非你自己想講喇，但係你所講嘅嘢，可能用筆寫低及用嚟做證供嘅。」

這是經典的電視劇對白，講出警察拘捕疑犯的警誡詞（一九九二年版）6，香港老一代的電視觀眾耳熟能詳。陳錦鴻飾演的許文彪在一九九九年無綫電視翡翠台的《創世紀》，聲討高地價政策，喊出如下對白：

我唔係無試過，我試過安份守己，日搏夜搏，賺咗嗰一萬幾千。我試過，但係出面嗰班人——出面嗰班人呀，佢哋識建築、識起樓咩？佢只係攞少少錢出嚟，攞少少時間，炒起個樓市就不停喺度賺大錢，咁叫做公平咩？你出去問吓人，是但問一個人，

4 《國產凌凌漆》電影，十五分五十七秒。

5 鄭經翰於一九九四年至二〇〇四年在商業電台主持早晨節目《風波裏的茶杯》。黃毓民於一九九五年至二〇〇四年在商業電台主持傍晚節目《毓民七鐘聚》。

6 二〇一一年四月十五日，律政司接獲立法會主席的進一步意見，建議修訂警誡詞為較為文雅的講法：「根據法律，你有權保持緘默，保持緘默不會對你構成不利。如你自願作供，供詞將予紀錄，且或會成為呈堂證供。」然而當局認為警戒詞沿用多年，於是照舊不改。

問吓佢哋需要啲乜嘢，佢嘅答案好簡單，只係想要一間好普通、好普通嘅樓！點解佢哋要用成世人嘅時間去供一層樓呀？因為啲有錢佬喺度玩嘢呀！愈有錢就愈有得玩呀！呢個世界公平咩？呢個世界公平咩？

（第四十八集）

這是九七之後，在香港大都會生活的悲憤小民呼聲，坦誠而少套語，也洗脫了民初的文藝腔。

一九九六年夏曆新年前夕，前總督彭定康講出最後一次的農曆新年賀詞，香港電台鍾偉明先生翻譯配音：

各位觀眾：每年到咗呢個時候，如果可以嘅話呢，大家都會同家人以及朋友喺埋一齊，自然亦都會回顧過去過多月來喺我地身上發生嘅重要嘅事，或者回想個啲進展順利嘅事，又或者展望來年可能發生嘅事，例如考試、假期、我哋嘅工作等等。除

咗對個人同家庭之外，我地亦都會對社會整體進行回顧同展望。我哋可以睇到過去一年，香港喺好多地方都有良好嘅進展……

粵語翻譯是譯文體，句子複雜而長，然而講來從容不迫，顯出大都會的思緒周到。有「播音皇帝」稱號的鍾偉明，用港式的粵腔和渾厚的聲調，演繹彭定康的教養階級的上層英文，令香港粵語提升到可以平治天下的氣度。鳳凰比翼，共效于飛，這種潛移默化的香港官話的建構過程，做得非常細密，是大家不會輕易發現的。這是英國人做事的作風，也有王朝中國的士大夫氣，香港為政者要學習。

歐洲土語建國，華夏雅言天下

離開語言，我們甚麼都不是。我們只能用語言來講出我們的思想與慾望。語言令人不滿，它是不好用的表達工具，但語言是我們表達自己的最後工具。特別是書寫下來的書面語，去除了講話的姿態、表情、聲線，只剩下書寫符號，而書寫符號可以反復修飾清楚，故此被詮釋和被認為是清楚的表達。語言是權力。故此，政權必須控制語言，統一語言，尤其是書寫的語言。從政權控制語言的方式，我們大概可以分得出誰是鬆散的王朝天下、合理的現代主權政府與極權壓制的獨裁政府。

香港人弄不好語言的事情，就弄不好自己的頭腦，之後的甚麼經濟、社會、國家、民族，也休想弄得好。因為心意和想法弄壞了，從哲理和心理上弄壞了。做事的成功會被人取去，為他人作嫁衣裳。這也不是母語的問題，因為你認不出你的母親是誰，只能認他媽的做我媽的，講他媽的普通話[1]。

以前從漢朝到清朝，官員寫文言，官場講官話（雅言），政府是自己提高自己的標準，自己克制自己，民間隨便你，跟不上也沒問題，民間可以用白話寫小說、寫通告，但到了朝廷、到了官府，必須寫文言，講官話（雅言）。後來呢，民國和共產中國竟然要全民講普通話、寫白話文。問題就來了。現代共和國為了具體而微地管制全中國人的行為（management to the micro level），政府被迫放下標準。政府的標準鬆懈了，政府不寫文言，也不講優雅的雅言（官話），卻要民間也跟隨來鬆懈，中國民間想寫正體字、講雅言，卻被中共國務院立法禁止，於是整個國家弄得爛乎乎的。大家一起爛。講他媽的普通話（共產黨所謂的標準漢語），寫他媽的共產中文（共產黨所謂的現代漢語），寫他媽的簡化字（共產黨所謂的規範漢字）。

1 **普通話不是任何華人的母語，而是共產黨依照民國的國語統整起來的語言。**

香港在英治時代是講官話（雅正的香港粵語）、寫文言的，在全中國都爛掉語言的時候，香港獨善其身。那麼到了九七，共產黨來了，那口氣憋在心裏，可恨哪香港人，報紙寫的中文這麼漂亮，講的粵語這麼文雅，流行曲的發音這麼響亮，這還得了？於是共產黨就要拉下香港的語文標準，與全中國一起爛。

集「五四」一身之病

香港的語文與文化問題，是從民國的五四時代訂立白話文為全國書面語標準和民國時期訂立北方官話為全國口語標準而衍生的問題。更大的語文問題，在全中國爆發，只是共產黨把它掩蓋住了。香港粵語的合法性現在遭受質疑，香港粵語也被香港家長摒棄，是中國病在香港爆發了。這裏仍有言論自由，也不是中國直接統治，故此病徵沒有壓制住，可以隨便發出來。

佛法的禪宗六祖慧能大師說：心量廣大。看事情，要心量廣大。我是這樣看香港

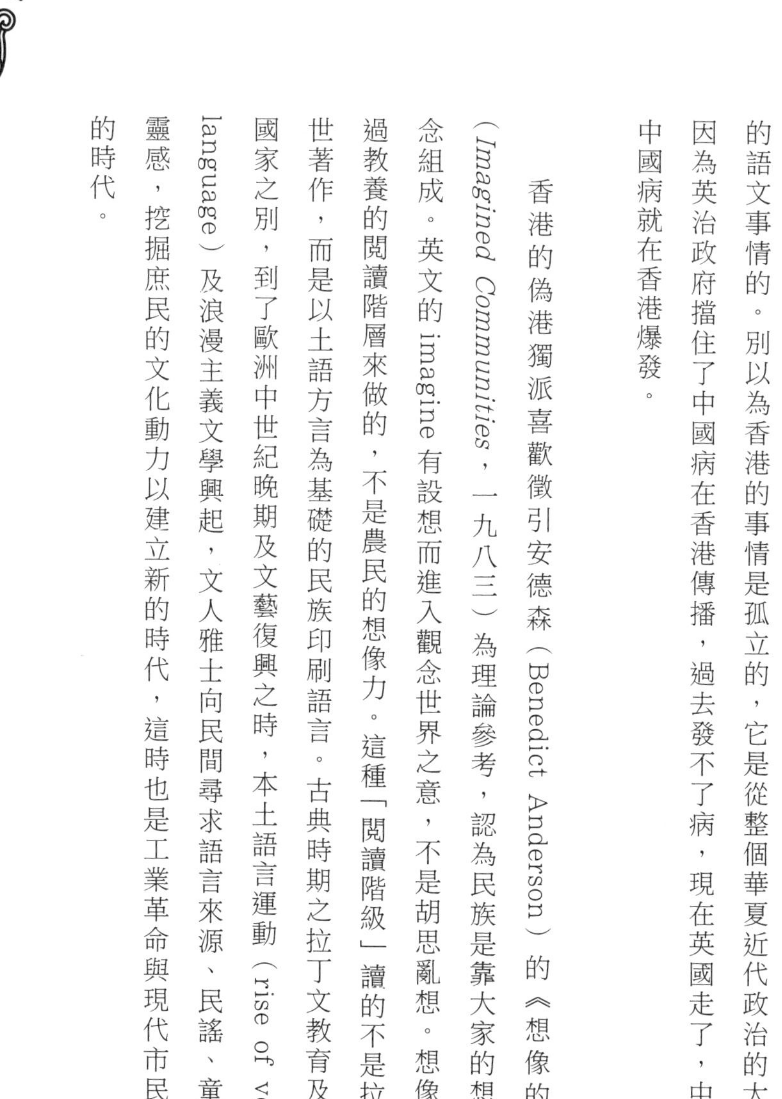

的語文事情的。別以為香港的事情是孤立的，它是從整個華夏近代政治的大病而來。因為英治政府擋住了中國病在香港傳播，過去發不了病，現在英國走了，中國君臨，中國病就在香港爆發。

香港的偽港獨派喜歡徵引安德森（Benedict Anderson）的《想像的共同體》（*Imagined Communities*，一九八三）為理論參考，認為民族是靠大家的想像力和信念組成。英文的 imagine 有設想而進入觀念世界之意，不是胡思亂想。想像力是靠受過教養的閱讀階層來做的，不是農民的想像力。這種「閱讀階級」讀的不是拉丁文的普世著作，而是以土語方言為基礎的民族印刷語言。古典時期之拉丁文教育及創作並無國家之別，到了歐洲中世紀晚期及文藝復興之時，本土語言運動（rise of vernacular language）及浪漫主義文學興起，文人雅士向民間尋求語言來源、民謠、童話及創作靈感，挖掘庶民的文化動力以建立新的時代，這時也是工業革命與現代市民階級成形的時代。

以口語為基礎，經過博學的文人修飾的民族語言著作，以小說的方式催旺出版業，引起民族語言的傳播和成熟，引發國家意識及建國衝動。

國族建立及國語文學之建立

馬丁路德（Martin Luther）是新教（protestants，耶穌教的抗議宗）之始創人，也是德意志民族主義之奠基人，他將當時最多人看的書——《聖經》——從拉丁文翻譯成德文。馬丁路德翻譯拉丁文而造成德文《聖經》及建立獨立之國家教會，脫離羅馬之統一教廷，在歐洲捲起土語運動及國家教會運動，之後屬於同一語言及教會的族群克服了城邦、諸侯領地及主教轄地的障隔，締結起來，成為單一共和國、聯邦國或君主立憲國，這就是歐洲的國族建立運動。國族建立運動，給予日本和中國的文人和革命家頗多啟發，然而國族建立運動在日本成功了，在華夏卻失敗了。

華夏繼承的典章制度，與從日本學到的「單一民族國家」的模型不合，無法協助華夏轉型為現代國家。華夏基於天、天帝、上帝的信仰而形成「天下」，天下由華夏部落或諸夏組成，天下之外有四夷或夷狄，然而夷狄與諸夏一樣，都是奉天、崇拜天帝的。華夏的諸部落（諸夏）首領推舉共主，稱之為天子，天子以祭禮和仁政治理天下。華夏與夷狄的分別只是實行仁政與德治的程度之分，不是血統之分（當然華夏與夷狄大多是屬於蒙古人種，外觀差別不大）。夷狄的人物有時進入中原，甚至成為諸夏共主。例如舜帝就是東方的夷族。《孟子•離婁下》說：「舜生於諸馮，遷於負夏，卒於鳴條，東夷之人也。」

遊學日本的中國青年革命家學到一套不適合華夏的建國方法，因為華夏在秦朝已經統一文字（小篆）、在漢朝校正字體（許慎《說文》）、統一讀音（揚雄《方言》）和章法（《史記》和《漢書》的通用文言），並容許白話入文（漢《樂府》和漢末魏晉的文人筆記），各地的方言土語不足以妨礙雅言（滯後於時代的中原音韻）、漢楷正體字、文言及白話之凝聚力。可惜，這種歐洲的土語建國方法，在中國大陸、台灣及香港依然流行。

中華民國在一九一一年之建立，是以武裝革命方式奪取滿清王朝的主權的方法達致的，是主權建國方式，然而，其後民國的文人志士覺得要補回民族建國的努力，於是破除所謂封建思想、廢除文言、簡化漢字、簡化官話而制定國語的運動，風起雲湧，然而這些觀念畢竟是錯的，中國共產黨驅逐民國政府而奪得政權之後，變本加厲而行，馬列主義國家哲學、現代漢語、簡化字及普通話，成為中共的國族建立運動，此舉令華夏文化損傷慘重，可謂誤盡蒼生。

胡適於一九一七年在《新青年》雜誌發表的〈文學改良芻議〉，就是建立土語文學之先聲。胡適的白話文學的「八個主張」，大部分是文學創作的常識，但第三點是西洋觀念，其餘不模仿古人、不用典、不講對仗，就是破除文言：

一、須言之有物

二、不模仿古人

三、須講求文法

四、不作無病之呻吟

五、務去濫調套語

六、不用典

七、不講對仗

八、不避俗字俗語

中國的國語文學運動乃模仿歐洲浪漫主義及建立國族運動之中國白話文學及國語運動而來，查實中國之民間文化與士大夫文化並無障隔，人人大致平等的科舉取士及儒官之輪番下鄉及告老歸田，令高雅文化與民間文化多所交流及匯通。五四時期，文人收集之民間故事、歌謠，發現原是高雅文化之通俗本，例如孟姜女故事來自《左傳》。

土語文學是提升與融合，不是倒退與孤立

歐洲文人用土語建國，並非沿用部落式的土語。歐洲民族用土語翻譯《聖經》和建立民族文學的時候，是頗多借用希臘羅馬的文化和修辭學，也借助希伯來神學和故事。希臘的神話、哲學，借用羅馬的拉丁文的格式語法和羅馬帝國的典章制度和演講術。例如意大利文學家但丁在十四世紀初撰寫的敍事詩《神曲》就是幾種語言及文化傳統的集大成之作。他用佛羅倫薩及托斯卡尼的方言為本，加上其他語言、方言及文化傳統撰寫，兼收並蓄，而且自創押韻詩體，奠定了意大利文的地位。非如此，不能提升土語為民族語言、國家語言。國族建立是一個提升和融合的過程，不是將現代語、外來文化及外來語排斥，倒退到古語或剝落到土語的過程。

香港粵語的進路，正是借助華夏雅言和古文格式（特別是套語），提升到雅正的地位，之後融合北方官話和外國語言文化，才可以建立香港粵語和香港中文。過去英治政府正在做這一套建立香港中文和香港粵語的方法，用的是提升和融合，而不是倒退

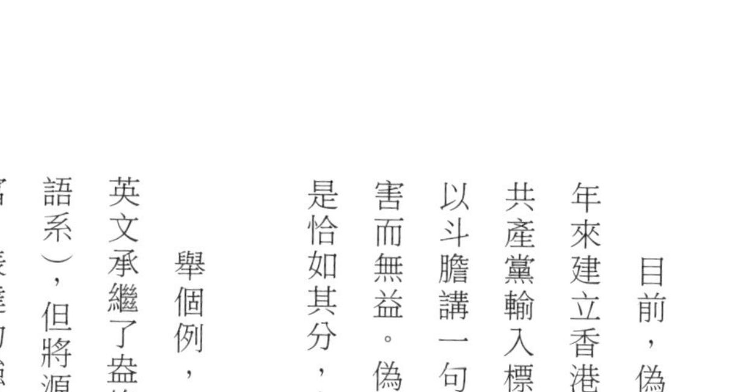

和孤立。

目前，偽港獨派用的是倒退和孤立的方法，正正是在削弱英國殖民地政府一百多年來建立香港中文和香港粵語的努力，配合共產黨在香港提出的母語論和解殖論，為共產黨輸入標準漢語普通話掃除障礙。雖然不知道偽港獨派是有心還是無意，但我可以斗膽講一句：偽港獨派這種處理粵語、粵文的做法，模仿自偽台獨派，對香港是有害而無益。偽台獨派那種建立閩南土語書寫的方法，在孤立的台灣是沒問題的，甚至是恰如其分，在香港這個向天下開放的大都會，就是有害而無益。

舉個例，大家知道為何英文可以世界流行嗎？除了大英帝國的國力之外，是因為英文承繼了盎格魯撒克遜（Anglo-Saxon）的土語（日耳曼語系），而且融合法文（拉丁語系），但將源自拉丁文的格式語法簡化和融合，有土語之野，有拉丁語之文，傳承豐富，表達力強勁，故此在歐美容易通行，如果英文要行純粹的土語道路，剔除在法國諾曼王朝佔領時期輸入的法文，那麼今日英文的流行程度，大概好似同屬於日耳曼小

國的挪威語或荷蘭語那樣。你讀下喬叟的英文古詩就知道英文土語是怎麼樣的，也可以想像一下，即使是大詩人喬叟寫的，這種土語能否通行世界。

粵語是百越語的底本，加上隋唐時代的中原漢語雅言，由於都是屬於漢藏語系，故此結合得天衣無縫。粵語不是中古漢語，然而即使古人復活，聽起粵語也像是中原雅言混合百越語的方言，聽久了也可以談話交流。如果香港要用土語建國、土語入文，粵語剔除了借來的中原雅言、宋元白話與明清文學，顯露出百越話的底本，會變成甚麼樣子？

作者面書發表及改寫　二〇一八年五月八日

香港雅言與香港中文

受到普教中的影響，香港學童開始混淆南北語彙。例如搭車擁擠，香港學童開始講「好擠」，而不是講廣東話的「好逼」。二〇一八年五月，有傳媒做街頭測試，發現本港新一代學生雖然認同自己母語是廣東話，但未必熟悉廣東話的詞彙，例如他們會將「行雷」講成「打雷」、「電單車」讀作「摩托車」，儘管「行雷」更為古雅，「電單車」翻譯“motorcycle”更為合理。

外號Ben Sir的前香港中文大學中文系講師歐陽偉豪認為，要保存廣東話，便要教小朋友寫廣東話，寫「廣東話書面語」，因為「廣東話要同時發展口語同書面語才夠整全」。認為推廣粵語書面語可「從寫周記開始」，粵語口語同粵語書面語可以令思維通達，便利與老師溝通云云[1]。

歐陽偉豪的主張，混淆了中文的口語與書面語的分別，即使講普通話，口語與白話文（白話的中文書面語）依然有一段距離，否則大陸的學校就不必教中國語文及作文。在香港的語言環境，我們在公共領域講一套高雅的廣東話，公務文書用典雅而簡潔的文言，高雅廣東話與簡潔文言非常接近，皆因廣東話在明清時期的廣州有一群文人在使用，教學、談論都是用一套出口成文的廣東話。至於抒情散文、小說、戲曲之類，有一套融合粵白與文言及通用白話的寫法，粵白用以傳達本地意思或精細之粵語感情，以學生而言，應先學好簡潔文言及現代白話，至於與老師交流心得及感想的週記，是毋須全面用廣東話的口語來寫的。學生要表達的感情，也並未私密及纖細到要全部用粵白吧？

至於將口語狀態的廣東話寫成文字，即使是逐字記錄，刪去了語氣、姿態、聲韻和語調，是要用另外一套書寫方法的。例如我們用廣東話口講「啲嘢原來係咁呀」，那個「咁」與「呀」，決定了是疑問句還是驚歎句，是埋怨被人捉弄了還是多謝人家提醒。疑問句的時候，「咁」是拖長尾韻和略大聲，「呀」字發音的聲韻猶如「雅」字。變成驚歎句，「咁」字是平常的平板讀音，「呀」字壓低語調，讀得好像「牙」字的聲調。這兩句話，變成書寫，即使是加了標點符號，疑問句是「啲嘢原來係咁呀？」，感歎句是「啲嘢原來係咁呀！」，用天下通解的白話文來寫，是「原來是這麼（個）回事」、「事情原來是這樣子（啊）」，「回事」源自淺白古文，「樣子」來自明清小說的口語，這也與你懂不懂得講普通話，沒甚麼關係。我們甚至可以省卻語氣詞，只是用「回事」與「樣子」就可以準確傳達意思。如果你懂得北方官話，可以加上「個」字，變成「原來是這麼個回事」，那就變成類似曹雪芹、張愛玲的小說語句。也就是說，如果你要做白話文學的作家，北方話要懂得講一點，不過，如果熟讀《紅樓夢》和張愛玲等名家的白話小說，大概也不必學講北方話，用白話小說的書面語轉過去用就可以。你不是作家，或不想做作家，就不會懂得這個，沒有這個語言感性。很多教語文的人，就是

1 〈【粵語非母語？】Ben Sir：撐廣東話靠小朋友　倡教寫書面語　從周記開始〉，《明報》，二〇一八年五月二〇日。

因為不是作家，也不懂得欣賞白話文學作品，也沒有創作散文、戲劇或小說的經驗，故此不懂得教白話文，以為我手寫我口，將口語寫出來就是白話文，懂得講普通話就懂得寫白話文。香港選用普教中的校長和強迫子女學普通話的香港家長都是這麼的無知。

香港粵語無疑是累積豐富，但百越話為底本、加上中原漢語和西洋詞彙的粵語，其語言內核依然未經過理性的藝術整理，必須要有文藝復興式的古典整理，才可以再放異彩，而且可以外傳。北方官話和白話文學就是經過了理性的藝術整理，故此傳播力比起粵語強大。這一點歷史現實，我們粵語區的人必須要尊重，不要妄自尊大。新語戰勝舊語，北方官話的覆蓋面愈來愈大，不純是政權推動，而是北方官話經歷過明、清、民國和共產中國的語音整理（正音）和白話文學的文句整理。北方官話的歷史累積比起粵語是較為薄弱的，但它的理性的內核比起粵語要強很多。

在白話文方面，北方官話從宋元時期開始，完成了文書的轉寫過程，廣東話要同

樣做到北方話的文書轉寫，講粵語的作家仍需多加努力。香港的影視作品，無疑已經將香港粵語地位提升，登堂入室，然則影視作品始終是口語記錄，不是文字，粵語依然未能脱離講話者的姿態、身段和語調而變成純粹的文字。況且在九七之後，香港的粵語電影被中港合拍片打擊，也被荷李活式的大製作窒礙了（如李安、王家衛那種製作），難以為繼，影視作品一旦不維持系列式的創作，依賴影視作品來傳播的語言文化就斷了。

要變成純粹的文字藝術，即是説，必須變成文學作品，香港的粵語官話才能夠像北方官話那樣，成為歷久常新的經典。將香港官話變成文學經典，也好像北方官話變成白話文學經典一樣，需要吸納文言、宋元白話、城市新語和地方語彙。這是個需要才氣和耐性的過程，而且要幾十人一齊做，做他一兩百年。這不是政治口號幫得上忙的事情，有時候政治口號反而礙事，愈幫愈忙。愈煞有介事地要寫香港粵語文學，作品愈見彆扭和乖張，好像那些一心寫來參賽的文學作品一樣。（作家的名字我不想舉了。）

回頭說歐陽偉豪的主張。他不單止無視白話文也是經過修飾和鍛煉的書面語，而且貶低了香港一百年來煉成的官話、廣東雅言的高社會語域（high social register），由大雅之堂、天下通語的地位，下降到少數民族的私密語言。簡單而言，是用書寫「粵文」的方式，將粵語土語化。這種做法，是方便北方普通話佔據香港的公共領域，將原本在公共領域一貫使用的香港官話、廣東雅言排擠出去。

這正是迎合共產黨在廣州做過的推普滅粵，結果廣州的青年人無法用廣東話來講正經的事情，只能用來聊天、講粗口、發脾氣，而且大部分正經的語彙被普通話取代。在廣州，廣東話被排斥出正經語域的結果，是令廣東話在廣州變成市井南蠻語，即使是粵語家庭的青少年，也不屑去講廣東話。

過去在廣東和香港，口講粵語，書寫淺白文言或不帶有太多北方土語的白話文，這正是廣東人、香港人對外用文書交流的長處，世界各地的華人，都看得懂香港人寫的雅正中文。這對於香港人對外文化傳播，是極好的利器。以前台灣作家及出版人詹宏志，讚歎上世紀八十年代的香港中文之雅正，特別是《讀者文摘》的中文，毫無方言土語，令兩岸四地、海外華人都可以輕易看得明白，反而在中國大陸的中文、在台灣的中文，卻是充斥方言土語而限制了傳播能力。

詹宏志在一篇評論「香港書展」的文章裏說[2]，他以前小學中文老師叫他們讀《讀者文摘》，讚歎該月刊文字清通，多看有助作文。後來他學會一種「讀者文摘體」，考試、作文比賽無往不利，投稿參加《國語日報》徵文比賽，奪冠而歸。他長大之後發現，「讀者文摘體」來自香港，是個奇怪的文字，沒有來歷，像烏托邦的文字，不是台式的中文，不是大陸的中文，也不是香港那種「三及第」的混雜中文（混合古文、白話和粵語）。直到八十年代，他聽到散文家思果的演講，才意識到這是一群居住在香港的文字菁英（林太乙、思果等一流的散文家），在一個奇怪的地方——香港，創造他們心目中理想的文字——不要有粗話、不要有俗話、不要有地方性，要使得這種中文到處可通，「裏面的白話文是沒有土地的白話文，獨特的飄在空中的語言，這個語言也影響過

2 〈我看「香港書展」〉，《明報》，二〇〇九年七月二十二日。

兩岸三地，它是一群菁英在香港的手工業工廠裏製造出來的。」

當年美國對香港文化事業，投資甚巨。二次大戰之後，東西方冷戰期間，一九五七年七月十七日，美國國家安全委員會（National Security Council）頒佈《美國對香港政策》文件（根據一九九〇年解密的檔案，編號NSC 5717）[3]，在文化部分，指令必須加強利用香港的地位，向中共進行傳播及滲透。一九六〇年六月十一日，艾森豪總統簽署批准的機密文件NSC 6007/1號檔，提出「加強對香港中文媒體的滲透和控制，並鼓勵台灣國民黨當局的中文媒體也大舉擠入香港地區」。一九六一年及一九六二年，美國政府資助香港文化的專項撥款，依次為六百八十二萬美元及五百八十九萬美元[4]。美國也致力資助逃港文人。一九五四年四月，美國對外援助事務管理局和美國新聞處成立「叛逃者項目」，增加心理宣傳功效。在一九五四年的財政預算中，美國計劃援助兩萬五千名中國知識份子，同年，該項目對一萬名逃到香港的知識份子進行援助，其中五千人安置在香港地區之外（主要是台灣），其餘五千安置在香港，美國扶持這些文人就業，在生計上自給自足[5]。

至今各位應該清楚，香港風格的通用中文是怎樣煉成的？是誰扶持起來的？告訴各位，是英國和美國。英國殖民政府在上世紀三十年代在香港復興古文教育，是反抗中華民國的白話文運動將愛國主義帶來香港，美國是反抗中華人民共和國的共產主義和共產中文滲透香港。在二次大戰之後的五、六十年代，主持香港現代中文文體建構的一群散文作家和他們的發表園地——《讀者文摘》、《今日世界》、《中國學生周報》、《兒童樂園》[6]等，正是美國新聞處（USIS-Hong Kong）、美國亞洲基金會和福特基金會等組織在香港資助或扶持起來的。加上台灣在香港的報刊，香港上、中、下層的階級，各種年齡層（老人、青年、兒童）的文化滋養，都有顧及。在遠離中原、與北

3 "U.S. Policy on Hong Kong," 17/7/1957, NSC 5717

4 見趙稀方，〈五十年代的美元文化與香港小說〉，《二十一世紀雙月刊》，二〇〇六年十二月號，頁八十八至九十六。

5 郭永虎，〈20 世紀五六十年代美國在香港的意識形態宣傳和滲透〉，《當代中國史研究》，二〇一六年四月二十五日。

6 一九五三年一月在香港創刊的《兒童樂園》（一九九五年停刊），接受駐港的美國新聞處資助，由插畫家及美術家羅冠樵（一九一八至二〇一二）擔任主編及繪圖，傳遞華夏倫理風俗、寰宇博物及科學新知，面向南洋，是典型的海洋華夏刊物。繪畫帶有現代嶺南美術風格，傳承華夏古老情調。

方土話隔絕的香港，靠英國政府在三十年代在香港總督金文泰扶持古文教育的努力、美國政府於戰後在香港扶持港式白話中文的努力，建立起香港的中文風格。這種香港中文，不囉嗦，不官僚，沒有粗話，沒有方言土語，既有古雅的謙和，又有現代的伶俐，這是海洋華夏的中文。

正是經過四五十年的語文整理，香港中文具備古代和現代的理性與感性內涵，洗刷了鄉土氣與王朝官場習氣，可以擔當起周流天下的文化任務。

香港人在殖民地時代寫的雅正中文，也影響了香港人的粵語口語，帶有古雅和精簡的語法和詞彙，聽來斯文大方、謙虛有禮，方便香港人做中國南北貿易、境外華人貿易，令人聽了肅然起敬。這些都是香港國際大都會的珍貴文化遺產，而這正是共產黨那群北方人想破壞的。面對中共的普教中的攻勢，香港人鬥爭必須要基於歷史，基於知識，而且要有策略，不要跟着中共的母語論來起舞，要回到香港語文真正的強處——香港通用中文與香港官話（雅正的粵語）。

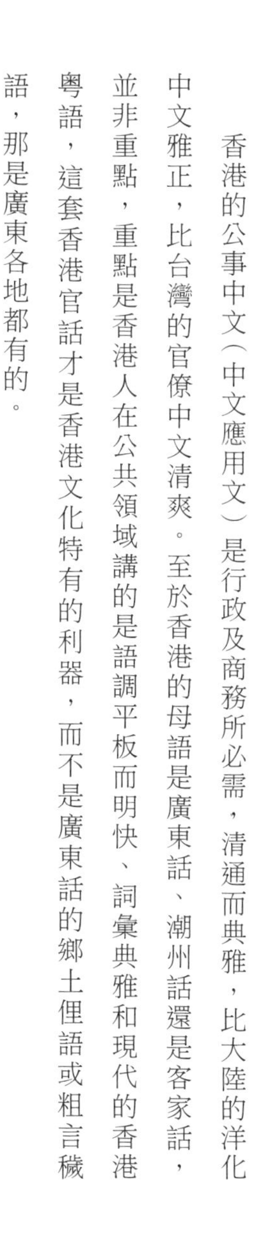

香港的公事中文（中文應用文）是行政及商務所必需，清通而典雅，比大陸的洋化中文雅正，比台灣的官僚中文清爽。至於香港的母語是廣東話、潮州話還是客家話，並非重點，重點是香港人在公共領域講的是語調平板而明快、詞彙典雅和現代的香港粵語，這套香港官話才是香港文化特有的利器，而不是廣東話的鄉土俚語或粗言穢語，那是廣東各地都有的。

語文需要整理和定型，講來成其雅言、官話，寫來成其文言、白話。文言是一套定型的交流語，奠定於漢代，與當時的各地口語方言不同。定型於明清的白話文也是一樣，都是固定下來的交流語，是與各地口語有距離的。過去在廣東和香港，口講粵語，書寫淺白文言或不帶有太多北方土語的白話文，這正是廣東人、香港人對外用文書交流的長處，世界各地的華人，都看得懂香港人寫的雅正中文。這對於香港人對外文化傳播，是極好的利器。以前台灣的作家如詹宏志、中國的作家如阿城（鍾阿城），都讚歎香港中文之雅正，令兩岸四地、海外華人都可以輕易看得明白。林太乙做編輯時的《讀者文摘》，所用的就是貫通世界的書寫雅言風格，詹宏志讚歎的就是這種中文通語。反而在中國大陸的中文、在台灣的中文，卻是充斥方言土語而限制了傳播能力。

香港官話論，保香港粵語

立法會前主席曾鈺成於五月十四日在其《am730》專欄談及教育局網頁上載一篇文章，判斷粵語只是方言，不可列為母語的事件。他認為「用粵語和現代漢語的差異來貶低粵語的地位，只是不懂粵語的人的偏見」。專欄題為〈粵語地位〉，曾鈺成直言不能同意文章觀點，「宋先生（文章作者、中文大學普通話教育研究及發展中心顧問宋欣橋）的理論，完全建立在『粵語是方言而不是語言，因此粵語不是母語』這一命題上。推翻這命題，他的整套理論便不成立。」

曾鈺成舉例，許多語言學者認為「方言」和「語言」的區別，沒有嚴格標準，「普通話成為『現代漢語標準語』，是人為造成的：只是因為官方指定，而不是因為普通話

本質上比粵語有甚麼優越性」。他又引述復旦大學教授周振鶴、游汝杰合著的《方言與中國文化》指出：「且不管大多數人所說的普通話都是帶有方言特徵的，就是標準的普通話也是『以北京語音為標準音，以北方話為基礎方言』的。北京話和北方話當然也是方言。」

曾鈺成先生撰文呼應筆者的粵語是香港官話之論。事情就是這麼離奇，土共會贊成陳雲的香港官話論，捍衛香港粵語的官方語言地位。泛民港獨反而附和母語論，送粵語去死。

看來即使是親共的曾鈺成，也跟隨我的香港官話論。為何如此？大家都知道。我在《陳雲時事短評》第一集解釋過。我在節目結尾這樣說：「故此，如果北方人、共產黨、媚共的人在攻擊廣東話呢，實際上是不愛國，都是在背棄華夏文化，捨棄我們香港傳出去世界各地華埠的團結感，傷害中國人民的感情。」

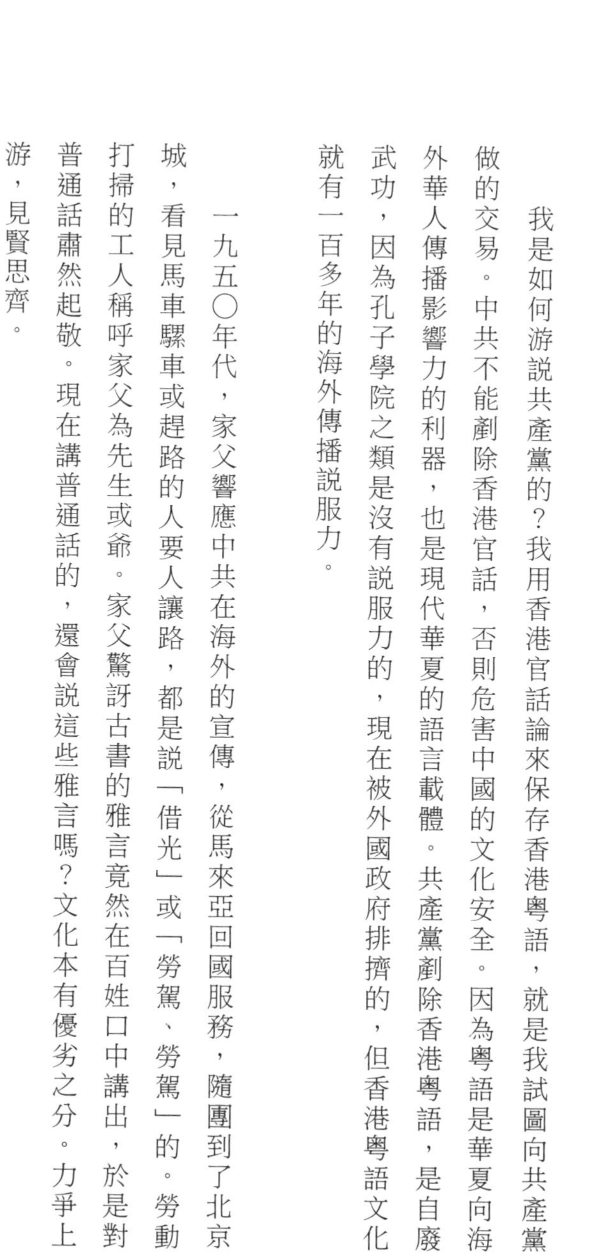

我是如何游說共產黨的？我用香港官話論來保存香港粵語，就是我試圖向共產黨做的交易。中共不能剷除香港官話，否則危害中國的文化安全。因為粵語是華夏向海外華人傳播影響力的利器，也是現代華夏的語言載體。共產黨剷除香港粵語，是自廢武功，因為孔子學院之類是沒有說服力的，現在被外國政府排擠的，但香港粵語文化就有一百多年的海外傳播說服力。

一九五〇年代，家父響應中共在海外的宣傳，從馬來亞回國服務，隨團到了北京城，看見馬車騾車或趕路的人要人讓路，都是說「借光」或「勞駕、勞駕」的。勞動打掃的工人稱呼家父為先生或爺。家父驚訝古書的雅言竟然在百姓口中講出，於是對普通話肅然起敬。現在講普通話的，還會說這些雅言嗎？文化本有優劣之分。力爭上游，見賢思齊。

文化是沒得追趕的，有老本就是勝利，除非共產黨將香港粵語毀掉啦。現代文化

傳播這回事，香港粵語領先你北京普通話一百多年喔，你怎能追得上呀？

作者帖文改寫　二〇一八年五月十五日

普通話教學，滅廣東雅言

香港人不放棄，粵語不會倒。原因是香港的粵語不是土語，不是套鄉情之用，而是談公事、談大事用的語言。香港粵語蘊藏豐富，在上層社會的正規語域有一百多年的鍛煉，正式的言談可以用粵語而毋須加插北方官話。情況與台灣的閩南話不同，粵語具有各方面的表達能力，講話無須借用普通話的詞彙。這一點台灣的閩南話（台語）就辦不到，聽人用台語交談，或者在台語電視台，久不久就要被迫夾雜國語。這當然是老蔣總統刻意在公共領域排擠閩南話的結果，以至很多現代事物都沒有閩南語的名詞對應。閩南話當然也可以講那個詞，但台灣人偏偏就不好意思將國語的現代詞彙用閩南話來念。

可惜，堡壘從內部攻破了。現在香港特區政府的官員，口講的不是雅正粵語，是粗鄙的香港話。甚麼「正呀」、「筍呀」之類的土語都在官方場合講。學者和作家，大部分認為毋須為粵語地位擔心，只要家裏講、市場裏講粵語就可以，他們説粵語粗口不會消滅之類。他們正是有意無意地迎合中共的做法，將廣東話由大都會的官話倒退到私密空間的鄉下話。

二〇一七年十二月二十日，香港新聞報導近日中國大陸一項調查顯示，在廣州，近三成土生土長的六至二十歲的兒童及青少年不懂説廣東話，香港記者訪問了兩個家庭，受訪的小一學生表示在學校上課都是説普通話，要講廣東話太難，在家裏寧願家長講普通話[1]。

廣州小孩在家裏寧願家長用普通話來幫助溫習中文，是因為學校的教材是用惡劣的北方土話寫作的，必須要用普通話來讀，才會順口。

例如明明可以寫「一日，小鼴鼠……」，教材寫「有一天，小鼴鼠……」。「一日」、「一時」是可以用廣州話來念的，用任何漢語語種（所謂方言）來念都可以，意思、音調不變。「有一天」就必須要用普通話來念。「有一天」或「有一日」，在明清白話，是「有朝一日」、「終有那一天」、「會有那麼的一天」的意思，而不是「一日」（One day...）。在中文的書面語，「有」字是不能隨便用的。真要用有字，是「有一次」、「有一回」，而不是「有一天」。

中文不是這樣教的。目前中港通行的小學課本的百分之九十九，如果不是百分之百，都是教錯中文，誤人子弟，傷害華夏文化。新聞片段裏面的課文的「一日」，是不能寫為「有一天」的。

「日」，本是華夏古雅之言。「雅」在周朝是「正」的意思，也是諸侯之間通用的

1 見《粵語傳承有困難 三成廣州青少年不會廣東話》，有線電視有線中國組面書專頁，二〇一七年十二月二十日，網上資料下載自 https://www.facebook.com/cablechinadesk/videos/vb.265944843550009/1589603941184086/?type=2&theater。

意思。雅言，就是天下通用的語彙；行於一地的語彙，謂之方言。日，《說文解字》：「實也。太陽之精不虧。從囗一。象形。凡日之屬皆從日。」日，象形字，本義太陽，甲骨文和小篆字形，像太陽的圓形，一橫或一點表示太陽的光。「日之行也，行天星度。」古人以日出到日落再到日出，從夜半以至明日夜半，周十二辰，即現代所謂地球自轉一周所需的時間，謂之一日。《易經•大畜卦•彖曰》：「大畜剛健篤實輝光，日新其德。」《論語•學而》：「吾日三省吾身。」都是用「日」字。月由圓到缺再到圓，那個週期，謂之一月。

天，《說文解字》：「顛也。至高無上，從一大。」清段玉裁注：「顛者、人之頂也。」天是會意字，甲骨文字形，下面（大）是正面人形，上面指出是人頭，小篆變為一橫，本義是人的頭頂。

「一日」是共同語彙，「一天」是北方土語語彙。推廣全民共用的普通話，應該僅限於語音，而不是順帶推廣北方語彙。「一天」可以在話劇、小說裏面寫對白，但不宜

在南北共同的課本裏面推廣。當指地球自轉一周之義時，日與天，何字更古雅、更貼近本義、更有文化意涵？普通話教學，硬要學生把「一日」寫成「一天」，不單是推廣共同話這麼簡單，而且是散播沒文采的鄙俗土語，消滅華夏雅言，也消滅華夏南北共同的語彙，變成北方土語獨大。

《基本法》與香港的官方語言

關於廣東話的合法地位，我已在拙作《粵語學中文，愈學愈精神》一書的第一篇文章論述過了，本文是做一下補充。《基本法》關於香港官方語文的部分，寫得頗為克制，第九條的中英文版本如下：

第九條

香港特別行政區的行政機關、立法機關和司法機關，除使用中文外，還可使用英文，英文也是正式語文。

Article 9

In addition to the Chinese language, English may also be used as an official language by the executive authorities, legislature and judiciary of the Hong Kong Special Administrative Region.

《基本法》在官方語文方面，是守住普通法的。《基本法》第九條只是規定重要的官方部門使用中文，而英文也是正式語文，官方部門之外並無規定，學校的教學語言也並無規定。中文並無説明口語或交流語的類別，依照一百多年來的慣例，當然是廣府話。香港的法庭也接受廣東話記錄案情，並且視之為合法語言[1]。然而口語用普通話或其他漢語語種也可以，也是中文。英文也是沒有規定語種或腔調，是非常包容的寫法。

語文立法不是普通法的慣常做法，一般是採取共識。香港是不會有語言立法的，

1 拙著《粵語學中文，愈學愈精神》，香港：花千樹，二〇一四年，頁十八至十九。

故此中共與香港人鬥的是民間論戰，不是立法。然而，香港人要是自我踐踏，認為廣東話低人一等，就會輸掉戰役。目前香港某些秉持廣東話是母語派的港獨派和語言學者，就是用母語論來輸掉民間論戰，語言戰輸掉，一切輸掉，大家今生來世都不必做香港人，下代也不必做香港人。

即使他日香港建國，也應該跟隨前殖民政府的做法，用官話（官方語言）的觀念，而不用國語的觀念。香港建國之後，雅化的廣府話和英式英文是香港官話。民間放任自由，可以有其他語言使用，不一定要講官方語言。

乙、漢文與漢語

白話文運動與深層國家

民國的新文學運動自一九一七年在北京發軔，到了二〇一七年，剛好一百週年紀念。華人地區，很多大學都忘記了一百週年紀念，沒舉辦甚麼活動。為此，我在香港復興會開了一個座談會[1]。新文學運動，又稱「文學革命」、「白話文運動」，由作家及學者在二十世紀初發起。一九一七年一月（民國六年），胡適發表〈文學改良芻議〉，倡導用白話文寫作，建立國語文學[2]，務令文學淺白易讀，接近平民，便利傳播科學與民主等新知識。

新文學運動肩負文體改革、國語文學建立及政治啟蒙的重任，然則，亦因為任重而道遠，在短短幾十年的催逼感之中，加上國家內外交煎，豈能遽然成事？是故新文學運動，終歸是破壞有餘而興建不足，帶來的並非文學革命或政治啟蒙，而是概念錯亂與道德空虛，為社會主義思想、共產主義制度入華鋪平道路，令中國淪亡至今，復興無期。

先說文學部分。五四時代的白話文運動，帶來淺薄的詩歌文體，容許濫情、露骨。直露的詩，在中西方的文學評論，都會認為是劣作。新文學運動之棋手主張放棄華夏典故及詩詞格律，接去西洋現代的自由詩體。如果用舊詩，有格律和典故，即使是歌頌忠君愛國，也要將君王喻為堯舜，用山明水秀、民風淳厚來匹配一番，令統治者受到先王約束和禮樂熏陶。在古典世界做暴君，要有十分能耐。

1 二〇一七年八月二十三日舉行第一場座談，二十五日舉行第二場。

2 胡適稱之為「國語的文學、文學的國語」。

勾結境外勢力，扮演可憐角色

再說權力部分。五四時代那群作家，擺出一副青年受害人的姿態來博取同情，實則這群年輕文人組織了革命黨，做了黨官，掌握了大學、報紙雜誌和東西洋權貴的國際關係。他們將所謂封建王朝視為大敵，但科舉在光緒三十二年（一九〇六年）取消，滿清遺老已經下台，勢力微弱。成名要趁早，這群文人一邊創作大部分屬於幼稚的白話作品，卻在大學演講文學理論，編寫《中國新文學大系》[3]，即時將自己捧上經典神壇。受害者勾結政府和境外勢力，將自己塑造成為可憐人，以苦況和處境博取同情，而不是講道理講利害，這種用了一百年的鬥爭策略，香港人在近年何其熟悉？

第三，是語文部分，也是五四新文學運動為禍中國最為深刻的部分。五四時期的白話文運動，由於要快速建立國族語言及承接西洋理論，鼓吹的並非在清朝已經奠定的白話，而是新鮮的洋化中文，以西洋的形式文法和複合句子為美，並非「我手寫我口」，而是「以中國之手，寫西洋之口」。今日中國的公共中文成了英文的贗品，乃當年白話文運動之孽種開花結果。

留學美國的胡適在一九一六年寫信給留學日本的陳獨秀，首次發表了「文學革命」的「八不主義」，鼓動白話文運動的思潮。一位自由派的青年與一位後來變成社會主義者的青年結伴，在中國發起消滅傳統文化與文言文學的工作，可謂出奇之至。難免令人懷疑兩人背後的黑暗勢力。

一九一五年夏，陳獨秀回到上海，創辦月刊《青年雜誌》，次年改名《新青年》（副題 La Jeunesse）。陳獨秀在創刊號上發表《敬告青年》一文，提出六大原則：

3 出版家趙家璧主編，上海良友圖書印刷公司於一九三五年印行。以新文學運動為起點，第一輯收錄一九一七年至一九二七年間的作品，共十卷。教育家蔡元培作總序，作家胡適、鄭振鐸、魯迅、茅盾、鄭伯奇、周作人、郁達夫、朱自清、洪深、阿英擔任分卷編選人，並依照文體（詩歌、話劇、散文、小説等），撰寫分卷導言，構思中國現代文學理論。

一、自主的而非奴隸的
二、進步的而非保守的
三、進取的而非退隱的
四、世界的而非鎖國的
五、實利的而非虛文的
六、科學的而非想像的

他倡導「德先生」（指「民主」Democracy）和「賽先生」（指「科學」Science），批判儒教和傳統道德，要「打倒孔家店」，成為新文化運動的理論導師。

一九一七年，陳獨秀在《新青年》雜誌（二卷六號）發表《文學革命論》，認為中國社會黑暗的根源是「盤踞吾人精神界根深底固之倫理、道德、文學、藝術諸端」，單獨的政治革命不能生效，「充分以鮮血洗淨舊污」，需要先進行倫理道德革命，於是提出「三大主義」：「推倒雕琢的阿諛的貴族文學，建設平易的抒情的國民文學；推倒陳

腐的鋪張的古典文學，建設新鮮的立誠的寫實文學；推倒迂晦的艱澀的山林文學，建設明了的通俗的社會文學。」攻擊文言文學，倡議白話文學。

陳獨秀在中共黨內鬥爭時期，被誣告領取日本政府津貼做政治，此事未必屬實，然而他後來與瞿秋白創立共產黨之後領取蘇聯的津貼，證據確鑿[4]。

類似共濟會、光明會的支援？

國族建立與文學革新，乃至文字改革，世界各地，所在多有，即使是鄰近中國的帝國日本和社會主義聯邦的蘇聯，也未嘗貶斥傳統文化如中國者。新文學運動的文人得以掌握大學、雜誌和革命政府機關，風頭一時無兩，難免令人懷疑是有一些潛伏的國際力量在支援他們。這個國際力量，我們暫且稱之為深層國家，它不單止控制西方陣營，也主導共產國家的元首。

4 裴毅然，〈中共初期經費來源〉，《二十一世紀雙月刊》，二〇一一年六月號，總一二五期。

台灣聯經出版社《胡適日記全集》（二〇〇一年出版），一九一一年十二月二日胡適記下與共濟會的接觸：

「夜往訪 L. E. Patterson 之家，夜深始歸。是夜偶談及 Freemason（吾國譯「規矩會」）之原委始末[5]。」

這是胡適在大學期間接觸美國共濟會的確切歷史記錄。這位柏德森太太（Mrs. Lincoln Elliott Patterson），正是胡適抵達美國綺色佳（Ithaca）求學時的接待家庭。夫婦熱衷接待外來遊學生，協助他們融入美國社會。

至於孫中山，在美國期間獲得洪門致公黨（Chinese Freemasons）授予首領的地位，據說也是共濟會的傑作，因為共濟會在美國華人的支部就是洪門致公黨。民國初年新文化運動的大棋手、將華夏傳統文化一手毀滅的胡適，如果大家知道他在遊學時期與美國秘密會社的交往，會對他的文化滅絕行動，多一點理解。

光明會對世界的影響和滲透相當廣泛，且極為隱蔽。十八世紀的法國大革命，十九和二十世紀的馬克思和烏托邦社會主義運動、巴黎公社、列寧的布爾什維克、費邊社會主義等，這些顛覆性的暴力革命運動，都是光明會在幕後策劃。

民主是潮流，但革命宣傳要錢，打仗要軍費，建立民主政府之後，選舉要錢，當選要使錢，落任要養老。暴得大名，忽然擔任文化運動的大棋手，鼓吹摧毀華夏傳統文化，行動比起一切當時世上可見的革命運動更加激烈。

這些歷史悠久的跨國秘密經濟、政治和宗教組織，神秘組織控制西方銀行、大基金會、全世界的金融體系，以及黃金、貨幣和資本市場；通過金錢支持、財政和債務控制，操縱歐、美、日的政治；並通過一系列學術性基金組織控制歐美日的學術主流、教育主流、媒體主流。最高層成員傳聞是世界頂尖的富豪和國際金融家，包括大富豪洛克菲勒、摩根、比爾蓋茲、索羅斯等。歐美和日本超級富豪，據說都參與秘

5 **大陸版《胡適日記》，缺一九一一年十一月至十二月的部分。**

密精英會社、兄弟會或俱樂部這些組織。組織嚴密而封閉，從不對外開放，僅僅邀請具備資格者加入。入會不自由，退出不自由。退出者必須承諾終身嚴守內部禮儀和秘密，否則將會神秘死亡，甚至死全家。

最早的歐洲共濟會與華夏古代的秘密會社以及政治和宗教也有若干關係。中世紀的猶太共濟會，與元末在中國民間流行的明教（摩尼教）有關，也與明清民國時代的洪門會黨和兄弟會有關。一九九八年設計和目前流通的基礎人民幣壹元幣，背面右上角有一個很不起眼的六芒星符號。

共濟會之類的神秘組織控制了政治、經濟、文化思想等。為何西方社會出現光明會、共濟會此等構建世界新秩序的神秘組織，而華夏社會號稱地大物博，卻總是成為外國神秘組織的附庸而無法自行孕育出類似組織？解破這個問題，華夏的命運就可知泰半。

寫一句漢文，想一個觀念

越南、韓國只是要自保，抵抗華夏文化侵入，無想過要輸出文化，故此廢除漢字，韓國用諺文[1]，越南用拉丁拼音，令這些國家的青年人自絕於華夏文明，也無法閱讀用漢字文言撰寫的本國歷史和文學。這是用文化自殘來自保，是小家小國的宵小行徑，故此我從來看不起韓國和越南。日本不廢除漢字，日本要輸出文化，奠定文化大國地位，故此日本必須保留漢字及華夏文化繼承。

對於日本，我是又愛又恨的。日本用漢字，也用五十音。五十音是從草書的偏旁

1 朝鮮族的文字，有字母二十八，母音十一，子音十七，後來減為二十五。

變過來的。用毛筆寫日本文，楷體與行草融合，瀟灑流麗，但轉成刻板印刷就不協調了。源自行草的假名與正體真書並列，不好看。儘管日本書一直保持直排右行，但比起香港與台灣的直排右行的漢楷宋體印刷，日本書就顯得草率兒戲了。這是大華夏與小華夏的分別。

東亞這些單音節語系，同音字太多，沒有漢字是無法精細辨義的，做不到文化及哲學思想創造的。共產中國用了簡化字[2]，已經妨礙辨義，思想家、理論家一個也出不到，文學家也很少[3]，甚至正常的學術撰寫也做不到，大陸的文史社科書籍，捧起來讀，在第一頁就可以找到語義衝突的、悖論的文句，我在課堂證明給學生看過。

此外，正體漢字及文言是五千年在華夏漢土的共同文化寶庫與政治參考，華夏的政治、宗教、制度、器物之博大、精密與悠久，甚於西洋。接通了華夏的文化寶庫泉源，可以稱霸世界。

寫一句漢文，想一個觀念，有四千年來的先例參考，這是很震撼、很欣慰的感受。我近年致力提倡正統中文教育、士大夫情懷復興及文言訓練，就是要香港的精英接通華夏的四千年文明，將來領導華文世界，起碼在中文應用文方面、公務文書方面。

文言不好，就會名不正而言不順。中國的家、鄉黨、邦、國、朝與天下的觀念，與現代的 state、nation、country、union、confederation 等觀念都可以比較。日本在二次大戰時期推出的大東亞共榮圈，是英文 commonwealth 的概念，但漢文該有更好的講法。東亞是西洋的地理觀念，漢文有其他的想法，該由神州、天下來想起，而不是東亞。圈是圈套、圈禁，意思糟透了。日本人不懂得漢字的深意，名字起錯了，自然一敗塗地。

2 「簡體字」最早見於一九三五年民國教育部總結的一批古已有之、歷代通行的筆劃較少的異體字。簡化字是共產中國認爲漢字書寫繁難，要簡化，大量人工修改、刪替的字。一九六四年，中共的文字改革委員會在一九六四年出版的，叫《簡化字總表》。「簡體字」強調異體，「簡化字」強調簡化。

3 中國大陸的作家沙石頗多，以前在大學教書，遇到中國當代文學的選文，難免隨手矯正他們的文句。當然，小說家的文句，有時不必句句精煉。

當然，日本人的共榮圈，比中共那個一帶一路的名字還是勝一籌的。一帶一路，是一路人馬夾帶私逃，沒有好的意思。共匪，就只懂得劫財劫色，一帶一路。明朝太監鄭和也懂得說，他奉命做的，是「下西洋」。

《熱血時報》　二〇一七年九月十六日

中文科要考高級秘書？

關於中學文憑試（DSE）中文科的綜合寫作（卷三）[1]。閱讀、聆聽之後高速答題目。所謂綜合寫作，是考高級秘書用的，請問有幾多少年人畢業之後要做高級秘書呢？訓練所有考生做高級秘書，是奴役兒童的心靈吧。

而我在官場及商場所見，沒有見過一個高級秘書，可以同時應付閱讀、聆聽和快速寫作而不犯錯誤的。一個高級秘書，本身就要極力避開這些綜合工作，這種multitasking，不要令它發生，以免出錯而禍害公司或政府。我在政府部門做上司的時

1 中學文憑試中文科的綜合寫作在二〇一六年與聆聽合併為「聆聽及綜合能力考核」（卷三），之前的類似考卷為卷五。

候，如果下屬給我展示閱讀、聆聽及同時寫作文書，好像耍猴戲那樣，我會請他們立即離開辦公室，請假回家，免得害我。

即是說，這些綜合寫作，根本不是實際工作環境的 simulation（模擬），而是要用不合實際語文應用的情況來淘汰那些只能專注做一件事的男童（multitasking 是女人的長處！），訓練的是沒用的廢功夫，而且如果學生真的在職場文書應用這種 multitasking 的趕急工作，會害死老闆的。

想出這種課題來考核學生的官員，我認為是死心眼的蠢材，或者是惡毒過夜叉的妖精。然而，這種從根底裏犯的錯（fundamental mistake），卻不是 IQ Test 可以測試得到的。一個拿甲等榮譽（first honour）的大學畢業生考入政府做 AO（政務官）之後，可以專門犯這種 fundamental mistake 的。這種人我在政府見過不少。

香港的中學文憑試那種違反常理的情況，我不講出來，恐怕永遠沒人明白。因為事情違反了常理的話，你需要一個亞里士多德來辯解清楚的。

跳樓變墮樓，政府洗腦術

港人抑鬱深重，青年自殺頻仍。三月十五日，《熱血時報》新聞標題：「18歲中學生牛下墮樓亡」。三月十六日，《東方日報》網站新聞標題：「內向21歲女大嗌一聲墮樓亡　女親友抱頭痛哭」。三月十七日，《星島日報》新聞標題：「難抵工作財政壓力會計文員美田邨墮樓亡」。現在的傳媒不問事實，統統寫「墮樓」。

跳樓自殺與墮樓死亡是有分別的。跳樓自殺，是人主動選擇結束生命的方式，墮樓只是客觀描述亡者由高樓墮下，可以是失足，可以是被人推下，也可以是自行躍下。二〇〇三年，歌星張國榮從中環一間酒店一躍而下，警方事後在遺體發現一封遺書，五十餘字，透露因受情緒困擾而尋死。次日有報紙頭版直截以「張國榮跳樓死」

為標題。以前的報紙會直接寫跳樓死、自殺，現在的香港傳媒不問內情，全部寫墮樓事件。明明警方查實有遺書的自殺，傳媒也不寫跳樓而是寫被動的墮樓。遺書都找到了，好心報紙不要寫墮樓啦。

正如以前的傳媒是用調戲、非禮、強姦、誘姦、逼姦、和姦、雞姦等傳統中文詞彙，描述清晰而準確，部分也是王朝中國與英治時代的司法詞彙。現在全部寫性侵，即使明明是強姦都是寫性侵，令人不知道事態有幾嚴重。這是中了港共政權與傳媒合謀的洗腦術。拙作《中文解毒》在二〇〇八年出版，九年過去，但政府用詞彙來洗腦的趨勢，並無減退。

兒童不應學外語

二〇一八年一月七日，路透社網站報導，經伊朗最高領袖哈梅內伊（Ayatollah Ali Khamenei）警告後，伊朗政府禁止當地小學教授英文，指在兒童早期學習階段教授英文，是接通「西方文化入侵」之路。伊朗高等教育局長納維德—阿扎德（Mehdi Navid-Adham）指出，不論在政府或非政府小學，教授英文，皆屬違法，重申小學教育應教授伊朗文化基礎[1]。

兒童不應該學外語，我認為伊朗官員說得有道理。兒童不應該學外語，不是為了抵抗外來文化侵入，而是為了智力發展、人格成長及本國文化傳承，特別對於弱勢民族或自覺弱勢的民族而言。兒童學外語是妨礙智力發展及人格成長的。你拿民國期間純以中文學習的人，與現在中英並用的人的智力及品格來比較，就會知道。但很多人不明白這個道理，只會相信年幼學外語有助預防腦退化的研究。當然，對於蠢人的腦，維持不退化是重要的。有研究顯示，學習漢字及漢字書法，更可防止腦退化。

兒童學習外語，會認為學校教導外語是因為外語比本國語重要、更值得花時間來學習，而且更能為他們帶來仕途發展，結果對於本族產生困惑和自卑。

兒童並不懂得在兩種語言與文化之間保持動態的比較，而教授兒童外語的老師也不會保持這種動態的比較。他們多數是態度高傲，刻意將外國與本國分出高下，締造一個容易接受的文化秩序，例如英文老師多數貶抑中文，錯誤判斷中文沒有語法，而不是認為英文的形式語法根本是多餘的古代語言殘留物，於文章行文及語言邏輯毫無幫助，只是負累記憶，浪費歲月。

1 "Iran bans English in primary schools after leader's warning"，新聞取自路透社網站：https://www.reuters.com/article/us-iran-english/iran-bans-english-in-primary-schools-after-leaders-warning-idUSKBN1EW0L1，二〇一八年一月七日。

你知道嗎？懂得這種動態比較、在哲理系統和文化系統之間往來自如的老師，只有亞里士多德這種人物。你找不到他來教你的孩子學外語吧？而且亞里士多德除了希臘文之外，也不懂得外語。

好多歐洲國家的孩子，在本國語言培養好了才選擇學一下外語，他們在高小，甚至中學，才學英文，但人家只是學習幾年，英文能力等同甚至遠超過在香港學習二十年。

按：在雙語社會，如果英文、法文之類包括在內，這些歐洲語言不是外語。至於香港，一般語言學家認為香港不是雙語社會，英文只是限於商務使用和公共告示，香港是兼容英語的華人社會而已。

教育性參觀，英文出問題

二〇一七年五月中，網友傳來一張學校發出的活動通告，通知家長學校教師將帶領學生參觀香港動植物公園，活動名稱是「教育性參觀」，着家長填妥覆函。網友不忍學校荼毒子女，在通告上寫了個字條：「致老師：教育『性』參觀之『性』字與『sex』混淆，宜寫成『教育性質參觀』，免得同學有多重性幻想。感謝留意。祝教安。」

講一下中英文的邏輯。這個香港學校的通告，是在英語文化殖民之後，用中文來翻譯 educational visit，故此變成「教育性參觀」。以前的中文怎麼講？是講「益智旅遊」，益智一詞，是啟發兒童智力之意，是英文無法翻譯的。

為甚麼要用「益智」？因為學校是辦教育的，學校一切都是教育，學校以下的、學校以外的，就不能說是教育性，因為這樣與學校的總體邏輯範疇重疊，變成悖論了。正如政府的總體範疇是政治，政府部門的首長率領隨員探訪社區，就是「社區巡視」（古代稱為「查察民情」、「出巡」），而不是「政治性參觀」（political visit）。舉這個例子，大家就明白了吧。

這學校用了「教育性參觀」，是邏輯出了問題，不是語文出了問題。學校亂用「教育性」這個詞，是因為英文的“educational”盤踞腦筋，而這個詞在這裏不合語言邏輯，是英文出了問題，不是中文出了問題。

中文在遼闊的領土、複雜的人口上使用了幾千年，有三四千年的公共行政歷史，中文語詞之豐富、邏輯之嚴密，甚於英文及其他歐洲語文。不是因為華人或中文有邏輯，而是因為我們有經驗，比歐美多出幾千年的經驗，多出千萬人口、千里領土的經驗。單單是教育的觀念、學校的講法，中文豐富過世界上任何一個民族的語言。那是

因為，我們周朝已經有官學，春秋時期的孔子已經有公開教育，漢朝有太學，宋朝有書院。

士子語與大夫語

觀言語可知氣度，察文章可知胸襟。孔門有四科，德行、言語、政事及文學。《論語•先進》列出精於四門學問的孔門弟子：「德行：顏淵，閔子騫，冉伯牛，仲弓。言語：宰我，子貢。政事：冉有，季路。文學：子游，子夏。」

舊日學生見時下報紙隨便刊登死者遺照，認為此舉對死者大為不敬。她在面書用粵語留言如下：

「我覺得依家啲記者隨便刊登死者遺體照（唔打格仔）係唔符合職業道德嘅行為，應該予以譴責。」

當時我正在寫稿，咬文嚼字之興致甚濃，於是多口回應：「『應該予以譴責』是湊夠六字，全是二字複詞，語氣舒張，屬於官式用語，另一説法是『宜以譴責』。『該譴責之』是民間用語。」當日答應了學生，演示何謂士子語，何謂大夫語。如今乘著書之便，略作練習。

所謂「出則仕，入則隱」，在家的讀書人的説話，謂之士子語，在朝廷做官的文人講話，謂之大夫語。學生之留言，正是士子語。滿清大臣林則徐〈請定鄉試同考官校閱章程並預防士子剿襲諸弊折〉云：「如首場文藝非有大疵，僅點數行而止者，據實參奏，予以處分。」「據實參奏，予以處分」是結尾語，寫來斬釘截鐵，不帶語氣虛詞，果有封疆大吏之風。

學生的這句粵語，該如何轉成書面語？用淺白文言，當然可以。文言乃天下通語，少有本土感情，南言北語，皆可轉寫為文言。然而，白話帶有土俗氣息，南方人用北方白話入文，終是彆扭與矯情。香港人寫文言，自是得心應手，香港人寫白話，

才是費煞思量。

首先，要擺脫北方白話的限制。將學生之文，還原為地道粵語：

「我覺得呢，依家啲記者隨便刊登死者遺體照，又唔打格仔，呢啲咁嘅行為，係唔符合職業道德嘅，應該譴責。」

先轉為文言：

「私意以為，目下記者隨便刊登死者遺體照，復不加格紋掩蓋，如此作為，不合職業道德，該予譴責。」

按：「私意以為」，或「竊以為」，是個人看法之謙稱，並非私人感性。

再轉為白話：

「我認為，時下記者隨便刊登死者遺體相片，又不打格掩蓋面容，所作所為，皆違反／不合乎職業道德，正要／合該譴責。」

因為學生的留言，始終是理性判斷，不帶私情，故此轉為白話，看來仍像淺白文言。然而感性的文句，變成白話，又是另外一重的功夫了。且看本書丙部。

丙、華夏在香港，粵語架勢堂

只教文，不授語

學校的語文課，是教育經典與美藝的地方，是傳授值得終身回味的典範。故此舊日學校的語文課，內容都是古今文學經典，詩詞歌賦、古文、格言、歷史傳奇，而不是牙牙學語的內容。牙牙學語的東西，在家裏教的，在鄰舍鄉黨市集學的。例如學校不會教我的家有幾多人，不會教手指有五隻，也不會教日出日落。學校教的家事，是清人劉蓉的《習慣說》（父親循循訓誨小兒），明人歸有光《項脊軒志》（家境破敗之隔代哀思），清人沈復《浮生六記》（文人安貧而與家人苦中作樂），不會教我家有爸爸媽媽之類。

學校教的語文，是提升了的語文，是要將學生的性靈提升（elevated language for

the elevated soul），不是教家常話，也不是姆媽、姥爺、尋樂子、魚肉丸子之類的鄉野土談，更不是將學校眼前的情況在課本講出來，老師學生喃喃自語，毫無長進，恍如精神病人。因為啊，醫生探問精神病人是否精神健全，就要他們將眼前的事物一一描繪，用以測試他們的現實感。

朋友掃描了他兒子的語文課本，傳來給我閱覽，課文如下：

第七課　學校生活樂趣多

學校裏，科目多，

學了語文學數學，

一二三四的了麼。

學習是不是樂趣，不能擺在標題來灌輸。科目多，也不一定是樂趣。數學卻是一二三四，但語文不是的了麼，雖然語文的虛詞（邏輯關係詞、語氣感歎詞）用的頻繁，

但虛詞並非授課的主題。

以前年老長輩來家探訪，都會問小孩，有幾多兄弟姐妹啊，小孩就如數家珍，娓娓道來，又說自己排行第幾。長輩講幾句兄友弟恭的訓話，便給小孩糖果獎賞。這是在親族之間的擴大的家教了。現在的香港學校，竟然也教我家有幾多人之類的課文，大概當學生是孤兒，父母雙亡吧。不要以為我語出驚人，現代學校的功能，正是要將家庭瓦解，將家庭搶奪過來送給國家。

朋友在面書貼出一圖，是香港某出版社的中文教科書，課文題目是「我的家」，內容是「我家有四口人」。

說「我家有四口人」，該是在中共建政初年，老農遇到黨組織下農村調查人口吧。這無疑是北方土話，何其不幸，如今竟然被接受為現代白話而教予學生。本來漢文讀本是要教天文地理、古今傳奇的，不是教家裏有多少人，這些日常對話，小孩不上學

都知道怎麼講，要教寫字也不用這種課文。語文課是要教很多哲理、興致與浪漫的東西，不是教我家有多少人，一點遐想妙思都沒有。這是浪費教育時間的文章，當小孩是白痴來教。

這句白話不是輕易出口的，「口」是量詞，可以用於人，但多用於危急、死亡的情況。用「口」來稱人，是帶有貶義的集體稱呼。老人家面對饑荒政府配給統計糧口（計口授糧）、兵臨城下敵軍問你全家可以獻上幾多人頭湊數才不屠城、瘟疫爆發棺材舖來村莊招攬生意問下要幾多副棺材先至夠收屍之類，才會說「我家有四口人」。

至於小孩，他們不須操持家計，不知道生口浩繁，根本不會有一家有幾多人的概念，只是說我家有爸爸媽媽、哥哥姐姐之類。香港學校這樣教中文，是違反小孩的語言觀念和心智發展的。除非小孩父母雙亡要賣身葬父母養弟妹，否則不會時刻講出「我家有四口人」。

香港的教科書，都是混帳，即使是教北方白話，也不懂得教。一開口，就是大吉利市。中文課最好是教通用中文，除非是白話文學，否則不要出動土話。除非是明清小說經典的土語，教現代的土語，不是作家的話，沒有那種土語的感性，根本沒資格教土話的。

《西遊記》第五十四回寫唐三藏師徒去了女兒國，章回名稱「法性西來逢女國　心猿定計脱煙花」，女官招呼師徒飲茶：

> 行者道：「我等乃東土大唐王駕下欽差上西天拜佛求經者。我師父便是唐王御弟，號曰唐三藏，我乃他大徒弟孫悟空，這兩個是我師弟豬悟能、沙悟淨，一行連馬五口。隨身有通關文牒，乞為照驗放行。」

這裏就看到口的用法，四個人加一匹馬，是「連馬五口」。然而，只是四個人，就不說四口，而是「四眾」[1]。如五十九回：

「師徒四眾進前行處，漸覺熱氣蒸人。」

中文講究簡潔，即使口語也是。我們說「一家五口」，但不說「一家五口人」，家人當然是人，難道是豬是牛嗎？再者，我們說「一家五口」，不是只說一家有多少人，而是連帶着訴苦，是食指浩繁，一家老幼，負擔不輕。香港在上世紀五十年代，大陸難民湧入香港，窮人蝸居板房，父母子女親戚同睡一張床，說「一家八口一張床」。一九五四年公映的粵語片，就有《一家八口一張床》之名，新馬師曾、方艷芬等主演。新華公司一九五六年出品的《葡萄仙子》，戲中主題曲《一家八口一張床》[2]，姚莉代唱，唱出當年香港居住擠迫的苦況。歌詞如下：「一個房間一扇窗，一家哪八口一張床，男女呀老少睡一床，讓人家看來總算是三代同堂。㘘呀㘘㘘唷呀，㘘呀㘘㘘唷，讓人家看來總算是三代同堂。洗臉盆就是沖涼缸，房門背後做廚房，㘘㘘唷。寸金地，哪裏有曬台？玻璃窗外曬衣裳，㘘㘘唷。」

1 此處多蒙朋友陳錦添在面書留言提點，謹此致謝。

2 姚敏作曲，陳式（陳蝶衣）作詞。

老人家懷舊，也會這樣講：

「我地個陣時都好慘下嘎，啱啱落到來香港，無人無物咁，又無地方住，一家人迫入板間房，正所謂一家八口一張床呀。」

這話換成通用中文，就是這樣：

「我們那時生活困頓，剛來到香港，人生路不熟，又沒地方落腳，一家人擠入板間房，正所謂一家八口一張床。」

換成生動白話，該是如此吧：

「我們那個時候算慘的了，剛剛下來香港，沒有錢，也不認識人，又沒地方住，一家人擠進板間房裏面，幾乎是一家八口一張床啊。」

中國恐成最大贏家

二〇一八年中，美國總統特朗普為了平衡中美貿易之間的巨大逆差，開始向中國徵收懲罰性質的關稅，例如針對中國的技術產品徵收百分之二十五的關稅。中國喉舌《環球時報》等官方媒體，經常說中國也許因此得益。「中國或成最大贏家」、「中國恐成最大贏家」之語，充斥網上言論。另一潮流語，就是「厲害了，我的國」，都是中國在內憂外患之下的沖喜之言[1]。

1 電影《厲害了，我的國》（英語：*Amazing China*），由中國中央電視台、中國電影股份有限公司聯合出品，於二〇一八年三月二日在中國公映。此電影是剪輯之作，母片來自中央電視台的六集紀錄片《輝煌中國》，記錄二〇一二年中共十八大以來，在總書記習近平領導下的輝煌成就。

中國喪事作喜事辦，好事之徒用之為笑柄，稱呼中國為「贏國」，是為「強國」之後的另一戲稱。

厲害了，我的國

「中國或成最大贏家」之語，民間當然當是反話來嘲笑。此語在二〇一六年特朗普當選美國總統之後流行，不論是英國脫歐、美國放棄 TPP（Trans-Pacific Partnership，跨太平洋伙伴關係協定）[2]，還是其他特朗普總統上台之後推出的對華制裁政策，網上媒體都說「中國或成最大贏家」。中美貿易鬥爭激烈之後，坊間將「中國恐成最大贏家」變成「萬能 key」，不論何種突發消息，一旦關乎中國，都以此為評語。

「或」字表示猜測，古來有之。「恐」字呢？香港多人用「中國恐成最大贏家」，「恐」字有恐懼的意思，也有猜測的意思。此句除了是一語相關之外，也許也受到英文句法 I am afraid… 的干預。英文説的 I am afraid… 是不大肯定、自謙或恐防語言衝撞而用的忠告之語。

查實中文恐怕也有可能與大概的意思。《西遊記》第三十一回：「師父是個愛乾淨的，恐怕嫌我。」《文明小史》第二十一回：「將來外國人要起罪魁來，恐怕一個也跑不掉。」

《康熙字典》説恐字的虛詞作用：「疑也，慮也，億度也」。恐字用作虛詞，是大概、或者之意，顯示疑慮不定的語氣。如：「恐怕」、「恐未必如此」。唐人崔顥《長干曲》四首之一：「停船暫借問，或恐是同鄉」，是猜測之意。

2 二〇一七年一月二十三日，美國總統特朗普簽署行政命令，美國正式退出該協定。同年十一月十一日，該協定凍結約二十條文並改組為跨太平洋伙伴全面進步協定（Comprehensive and Progressive Agreement for Trans-Pacific Partnership）。

「恐」字常與「防」字連用，變成恐防、恐防有失，均是防備之意。唐人王建《宮詞》之二二：「騎馬行人長遠過，恐防天子在樓頭。」《三國志平話》卷上：「玄德曰：『恐防有失，爾可將取五百軍去。』」晚清小說《二十年目睹之怪現狀》第九回：「勒令沿城腳的居民將曬台拆去，只說恐防宵小。」

廣東人頗多沉迷賭博，常有輸贏之諺語，例如「執輸行頭，慘過敗家」。賭錢一直輸，最後贏一鋪，說是「贏個尾彩」。然則，源自北方話的「中國或成最大贏家」、「中國恐成最大贏家」，用地道廣東話，該是如何？

「恐」字在粵語是用「怕」字來代替，而且有「怕且」這個講法。「怕且」與「或者」的意思並不相同，「或者」是猜測，但「恐怕」或「怕且」帶有驚懼壞事將會發生的意思。故此香港人多數講「中國恐成最大贏家」，是真害怕這句反話而心懷恐懼，怕中國最終成為最大輸家。

言歸正傳，此話香港人用粵語，如何講呢？筆者列出幾個講法，給大家玩味一下：

怕且最後都係中國贏晒㗎嘞。

呢次都怕且係中國最後殺晒啲對家嘞。

呢次呀，中國陰啲陰啲贏，悶聲大發財，最後先輪到佢威盡呀。

爭咩爭？中國打緊讓賽，輸住先，最後先贏呀。

係時候啦

北方人聽到香港人講話，說「係時候行動啦，再唔做就遲噶啦」之類，總覺得不對路，好像聽到英文的 It's time to... 或者 It's high time to...。查實中文有否這種講法的呢？

周星馳在《少林足球》（二〇〇一）扮和尚，與大師兄合唱《少林功夫醒》，唱罷，向酒吧的觀眾告別，說：「歡樂時光過得特別快……又係時候講拜拜。」這句粵語口語，是香港中文，拜拜是英文，即使外省人也讀得懂。真要換成舊式書面語，該如何寫？我們假設幾個情況看看。

宋代的文言，該是這樣吧：

「時光雖好，終有已時，妾身告退，各位相公珍重。」

這是歌姬與文士的告別詞。

換成這樣，就是清代的酒館相聲：

「歡樂時光過得真快，我們這廂告別，諸位安康。」

鐘錶流行之後，「係時候」也會改稱「夠鐘」，例如「夠鐘開飯」。「夠鐘」是粵語講法，換成白話，頗為麻煩，要講「到鐘點了」、「時間到了」之類。粵語傳承古文，即使遇到新鮮事物，也是用語精簡。

「是時候」還有否定的講法，例如報紙的樓市專欄文章標題如此：

「睇淡樓市未係時候。」

這是典型的粵語倒裝句，順式的寫法是：「未係時候睇淡樓市」。倒裝有它的用途，就是將話題「睇淡樓市」提早講，引起注意，否則只是虛虛的講「未係時候」，讀者不會注意到作者要講甚麼的。「睇」字是古字，北方人不會懂得，換了「看」字，就懂得：「看淡樓市仍未是時候」。北方話的虛詞較多，加上「仍」字容易看懂。「睇淡樓市未係時候」，用文言來說，就是「看淡樓市，為時尚早」、「樓市回落，言之過早」之類。

古文和先秦思想，特別看重時候，孔孟之教，行事要切合事務，例如「時行則行，時止則止」，孟子尊崇孔子為「聖之時者」。英文的 It's time to...，中文豈無同樣講法，謂「正是時候」、「此其時也」或「此其時矣」。It's high time to…，就是「刻不容緩」、「事不宜遲」之類。

當中，「其時」有兩個解法，第一個是當時、那時之意，如《醒世恒言•獨孤生歸途鬧夢》：「其時，白敏中以中書侍郎請告歸家，白居易新授杭州府太守，回來赴任。兩個都到遐叔處賀喜。」

第二個意思是正當時、正是時候。如徐遲《牡丹》有云：「真抗戰，假抗戰，他了若指掌。助紂為虐，他是不幹的，渾水摸魚，此其時也。」

「係時候返屋企食飯啦」。昔日母親在里巷呼叫兒女，分外親切。「屋企」是方言詞彙，換成古文或白話書面語，要改為「家」。此話換了文言，是「孩兒回家用飯，此其時也」或「孩兒回家用飯，正其時也」。

小孩聽到，要這樣回答，才是合禮：「孩兒誤時回家，煩勞娘親提點，孩兒羞愧了。」

信是有緣

「馬航：全機 239 人相信無一生還」，這是香港 NOW 新聞的報導[1]。二〇一四年三月八日，馬來西亞航空由吉隆坡前往北京的 MH370 號班機兼中國南方航空 CZ748 失蹤。客機恐已墜毀，真相如何，至今撲朔迷離，有傳聞是被俄羅斯導彈錯誤擊中而墜機，故此各方隱瞞。當日 NOW 新聞內文如此：「馬來西亞政府昨晚公佈，根據衛星數據分析結果，推斷失蹤逾兩週的馬航客機已經落入南印度洋。馬航指，根據政府提供的證據，相信機上 239 人已無一生還。」

1 NOW 新聞，〈馬航：全機 239 人相信無一生還〉，二〇一四年三月二十五日下午一時四十六分報導。https://news.now.com/home/international/player?newsId=96531。

換了民國白話文運動之前的華人，讀了這則新聞，該生起疑惑來：「既然全體人員罹難，該無人可以相信甚麼了吧？」當然，這個「相信」，是源自英文“The passengers are believed to have been killed”的“are believed to be”的意思。英文的“believe”在被動式，有猜測之意。港式中文的「相信」、「恐怕」、「怕且」、「看來是」的意思，不是真相信，而且多猜疑。白話文運動之後，文人多兼學英文，崇洋媚外，中文也受到英文沾染。

然則，這種用法在現代中文大行其道，該也有點古文的承托。中文的「信」字，究竟有無猜測之意？查字典，「信」字本有隨意、任憑之意，如「信口開河」、「信手拈來」。唐人白居易《琵琶行》：「低眉信手續續彈，說盡心中無限事。」

「信」字也有果真、的確的意思，帶一點肯定的猜測。如下列的例子：

若妻信病，賜小豆四十斛，寬假限日。——《史記・華佗傳》

煙濤微茫信難求。——唐・李白《夢遊天姥吟留別》

信知生男惡。——唐・杜甫《兵車行》

信造化之尤物。——宋・陸游《過小孤山大孤山》

「信」字有果然如此、真的是、真是這樣之意。

《論語・顏淵》也有「信」字的用法，也是假設之意：

齊景公問政於孔子。孔子對曰：「君君，臣臣，父父，子子。」公曰：「善哉！信如君不君，臣不臣，父不父，子不子，雖有粟，吾得而食諸？」

語譯就是：

齊景公問政。孔子說：「君象君、臣象臣、父象父、子象子。」齊景公說：「說得好極了！如果君真的不象君、臣不象臣、父不象父、子不象子，即使糧食再多，我能吃到嗎？」

依然是果真如此之意。看來「信」字從春秋時期到宋朝，詞義頗為穩定，是相信之中有所猜測。古人用「信」字，是有既定的看法，當初半信半疑，後來驗證了，信是如此。例如女子向男子說，「信是有緣」，就是先入為主，對男子有意思了，後來情緣是否有花而無果，將來再說吧。鍾鎮濤作曲、盧永強填詞的《信是有緣》，是愛情片《表錯七日情》（一九八三）的主題曲，開首兩句是：

信是有緣　要是無緣怎可此世此生竟碰見

第二段，筆鋒一轉，改用「要是」，變成沒有相信的意思，愛情幻滅了：

要是有緣　卻為何從開始都已得知它會變

香港粵語的講法，「相信」多數用作是猜測之意，有也好，沒有也好，不一定是古文的猜測之中而有所肯定，看來受英文影響甚深。例如：

呢件事咁艱難，相信佢都無辦法做到嘅啦。

這個「相信」，不是講話的人相信此人可以做到而給此人姑且一試，而是客觀看來，此人大概也沒法做到。削除洋化中文，變成書面的通用中文，該是如此吧：

事情如此艱難，看來他也無法做到的了。

換成北方白話，大概如此：

事情這麼艱難，姑且給他一試，但也不必指望了。

我們距離中文有多遠，「相信」大家看到了吧。

其實我細個唔係講廣東話嘅

我係客家人，童年講客家話，幼稚園先生是本地話（廣府話）與客家話並用，入鄉村小學之後先生才是全講廣府話，然而同學之間依然是客家話與本地話並用的。客家人稱廣府話為本地話，是因為客家人來得遲，尊重地主，故此俗稱廣府話為本地話。從名稱可見，舊日即使客家人與本地人偶有爭奪田地水源之械鬥，但名分與事實是清初的，我們是作客他鄉，借人家的方便，耕田種地安身，講廣府話的才是本地人。

我不提母語論，而用官話論，就是這個原因。至於所謂講本地話的圍頭人，講的也不是廣府話，而是圍頭話，接近東莞話的粵語方言，他們對外交流，也要學講廣府話。

回頭說「其實」這詞，有香港的用法。原本中文的「其實」，與「卻是」差不多，是語氣轉折用的，帶有相反的意思，是名實不符、名過其實的時候講的。例如這句話：

超級市場看來有很多減價貨品，其實平衡各種貨品的價格和比較減價前後的標價，其實價格也不特別便宜。

這個「其實」，有查看實際情況之後發現真相的意思。用「原來」來代替也可。英文大概是 It turns out that... 的意思。

香港人用的「其實」，保留了一般中文的意思，例如這句：

其實我當初唔想借錢畀你，因為知道你都唔會還。不過見你咁慘，當日我都係借住少少畀你頂住檔先啦。

這個「其實」，用「原本」、「本來」來代替也可。

香港人用的「其實」，有個額外用途，就是澄清事實或重申立場的意味，有學者認為是受到英國人的口頭禪“as a matter of fact”的影響。例如這句：

其實，政府自己都話，今年嘅財政預算案係有好多錢剩，可以派錢畀市民嘅。

這句話就不是發現真相或講出實際情況，而是重申講說話的人的立場：要政府派錢，還富於民。

這話變成通用白話，可以如此改寫：

我覺得（我是這麼認為啊），政府自己也說，今年的財政預算案有很多錢剩下，是可以發錢給市民的。

上世紀七十年代，香港官話的締造時期，也流行「究其實」的口語，報紙也用，這才是“as a matter of fact”的完美對譯。可惜，這詞彙也消失於港人口語，正如以前電視節目經常聽到的「無研究之至」一樣，現在已經沒人講了。無研究之至是文言、廣東話與流行詞的結合。歡迎之至、感激之至是文言的講法；凡是要研究研究，是現代科學精神的嘲諷，無研究之至，就是無所謂、沒關係的意思了。

新年治喪帖

流年不利，常有長輩去世，年來參與喪禮多次，見了藍白色的告示與陳設，也無驚懼之心。尤其是新年，處處橘紅，見了歡喜。然則年初二路過一家書店，見到歲晚休息的告示，竟然是藍底白字（見下圖），未免驚心。

一家中資書店，在新年出治喪帖，難道預告中共亡黨亡國？沙田商務印書館分店的歲晚告示，藍底白字，告知來客新年休息兩日，只差開頭沒有一個

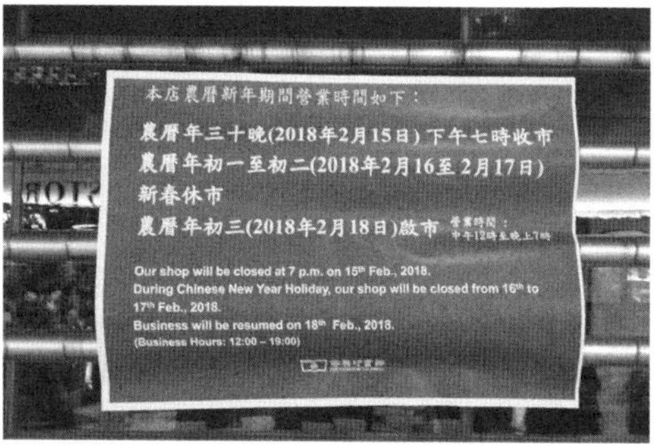

商務印書館新年通告

「奠」字，否則這就是完美的殯儀館美學了。

這是新年告示啊老天，怎會用藍底白字，而且打橫寫呢？即使中共真要亡黨亡國，屬下的公司也不該如此落力詛咒老太爺吧。

商務印書館的商標是藍底白字或綠底白字的，然而新年通告有傳統華人風俗要遵守，紅、黃、金這些色系是標準，而且中文盡量直書（打直寫）。中共的書店，現在竟然將公司標誌（logo）的顏色一體應用，不論紅白二事，告示通通用公司的機構顏色，即使是新年文告，也是藍底白字，中文橫書。

即使是西班牙的連鎖時裝店Zara，公司顏色一向是藍底白字，但在新年期間也特別使用紅底金字的紙袋。商務印書館還好意思說是中國的公司？除非香港不是中國屬土囉[1]。

沒有風土人情，沒有國家，沒有民族，只有商務，只顧着做生意撈錢。這就是中國在開放改革之後的精神面貌，白白辜負了革命先烈的鮮血。眼中只有錢、只有公司，沒有國家民族，沒有天下民心，狂妄自大，目空一切，這就是現在的中共。這種政權，在今年十月一日，也該用藍底白字橫書，來慶賀一下吧？

告示的中文也見累贅，無一句文理通順。原文如此：

農曆年三十晚（2018年2月15日）下午七時收市
農曆年初一至年初二（2018年2月16至2月17日）
新春休市
農曆年初三（2018年2月18日）啟市　營業時間：中午12時至晚上7時

1　此乃同道好友提供。二〇一八年二月十八日。

今分條評論：

一、平日營業至晚上七時，若年三十晚營業至晚上七時，並無延長時間，毋須公佈。年初三營業時間寫晚上七時，年三十晚寫下午七時，用語不一致，即使是歲晚趕住收舖走，也要校對一下的。

二、書店是文人事業，不應與俗人一般見識，農曆該作夏曆，如果寫了年初一，就毋須説明是夏曆。第三行的新春休市是告示主題，應寫在前面，否則就是復古，整個新春休市，正月十五才營業了。

三、西曆對照，寫一次就可以了，其餘日子可以類推。

要精簡為之，可以如此：

恭賀新禧
敝店歲晚照常營業
年初一、年初二休息
初三啟市
商務印書館沙田分店同人鞠躬

元朗一家書店，歲晚收爐的告示如下：

恭賀新禧
初七啟市
光明書局同人鞠躬

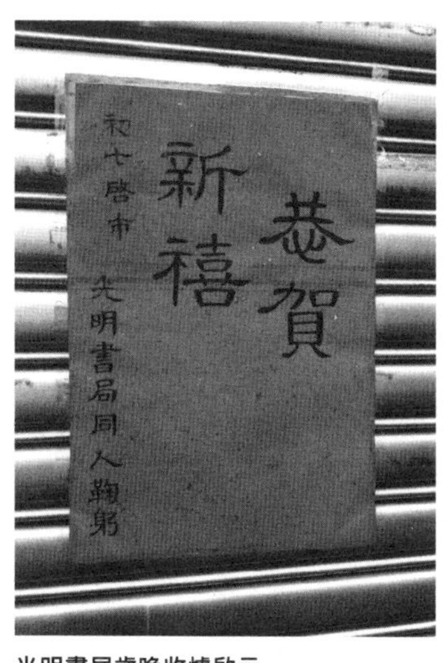

光明書局歲晚收爐啟示

恭喜為主，休息為次。營業至歲晚，就不必寫，年初七啟市，就不必寫年初一至年初六停業。之後是書店同人鞠躬。盡禮賀喜為主，幾時休業，就是恢復，四個字就寫好了。「恭賀新禧」四字，用秀麗隸書，即使不是店主精通翰墨，也是專門聘請書法家寫成。

中資書店霸佔香港書業。中聯辦被揭發是聯合出版集團的大股東，插手香港出版業。聯合出版集團於一九八八年成立，全資擁有五十二間三中商書店（三聯書店、商務印書館、中華書局），佔香港書店超過一半。旗下發行商聯合書刊物流，是全港最大的書籍發行商。集團並擁有印刷廠及近三十間出版社[2]。陣容如此龐大，文告卻是侮辱斯文及侮辱華夏，也是中共到了強弩之末之徵兆矣。

2 參閱〈中聯辦操控 80% 港出版市場〉，《蘋果日報》，二〇一八年五月三十日。

便利店很方便

網友貼出一張小學生的造句練習，上面有老師的改正。題目的詞語是「方便」，學生的造句是：

便利店很方便，二十四小時也可買東西。

豈料老師紅筆一揮，竟然改成：

便利店令購物更方便，我們二十四小時也可以買到需要的東西。

驟眼看來，老師是便利店的加盟商，或者持有便利店集團的股票吧？學生寫得輕靈，老師的修改卻是申述便利店經營者的營商策略。

這當然是香港一般中文教師的通病，以為將句子寫得愈複雜，語文的能耐愈強。誰不知句子複雜或簡單，要看環境與場合，也要看年齡。小學生當然是寫天真爛漫的句子，那位同學寫的「便利店很方便，二十四小時也可買東西」，本是無懈可擊。如要改善，也只能寫得地道一些，先用粵語講出心中的話：

便利店好方便噉，成日都可以入去買嘢。
便利店都幾方便，隨時入去買嘢都得。
便利店算方便噉啦，屋企無 mut 嘢，又唔想行路太遠，就去個處買囉。

換成白話，就變成有生活經驗和感情的句子：

便利店真方便，想起要甚麼就走過去買。

便利店挺方便的，甚麼時候想起要買東西就去。

便利店算方便的了，家裏缺了點甚麼又不想走遠路就去那裏買。

《易經》曰，「修辭立其誠」[1]。漢代王充《論衡》曰：「實誠在胸臆，文墨着竹帛」。先生教寫作，改文章，要鼓勵學生寫出真心實境，寫出真實想法與實際情況，而不是因詞造文，堆砌成章，更不可以心為景所蓋，為了申述外景，內心感覺都障蔽了。此謂之傷害性靈。

1 《易經・乾卦・文言》曰：「君子進德修業。忠信，所以進德也。修辭立其誠，所以居業也。」

爭咩爭

瀨尿蝦與牛丸，都是尋常的路邊攤之食，然而落在周星馳手上，竟然可以混合為一，變了廟街美食。周星馳電影《食神》（一九九六）中，有一情節，是周星馳飾演的食神史提芬周落難廟街，幸得飾演「火雞姐」的莫文蔚義助並收容。遇上李兆基飾演的江湖大佬「鵝頭」拖馬來談判，雙方爭論廟街的椒鹽瀨尿蝦與牛丸的經營權，兩大佬坐檯，唇槍舌劍，電光火石之間，周星馳竟然搭嘴插話，惹來大禍臨頭。插話的是這句：

粵語：爭咩呀？兩樣溝埋變做瀨尿牛丸吖笨！

普通話字幕翻譯是：爭甚麼，兩樣混做瀨尿牛丸不就行了？笨！

普通話口語配音是：爭甚麼，摻在一起做着撒尿牛丸呀，笨！

鵝頭與火雞為了找出插話的人，命令雙方的手下輪流講出那番話。食神為了逃避被人認出，含糊其辭，只是吞吞吐吐地說：「爭～～笨！」便被鵝頭認出講話的人就是他。

是的，食神這句話的精粹，就在一個「笨」字，其次是「爭」字。這個「笨」，不只是說對方是笨蛋，還有挑釁對方，看對方有無膽量照着做。往日街頭小孩互相對罵，往往就聽到這些對白：

小童甲：「你再過來惹我，信唔信我打你吖嗱？」

小童乙：「哦呵，打人喔？呵呵，夠膽就打我啦笨！唔打正龜蛋。」

要翻譯得傳神，這個「笨」字可以翻譯為「有種就……」或「夠膽就……」。

周星馳的原話：

爭咩呀？兩樣溝埋變做瀨尿牛丸吖笨！

變成文雅中文，是這樣：

（兩位）所爭何事？兩相混和，變做瀨尿牛丸，豈不更好？

這當然不好，無法傳遞市井小民之蝸角之爭。改用白話來寫：

爭甚麼呀？有種就兩樣混在一起，做瀨尿牛丸唄！

「咩」是「乜嘢」的合音詞，更近代的香港粵語，是「爭咩爭？」」，原本在「咩」字後面的「吖」，也被「咩」拖長之後吞掉，形成極之精簡的現代粵語表達方式。

「爭咩爭？」變成北方口語，也真夠煩的：

「爭甚麼呀爭？」

雖然「甚麼」可以合音為「啥」，但「啥」後面要帶「啊」，就要重新個別發音，不能拖音。粵音的「咩」就可以拖帶「呀」或「吖」，變得簡潔。始終，香港的粵語之所以成為香港官話，除了可以上升為現代公共場合的大雅語言之外，在民間市井，一樣經歷蛻變，變得更加簡潔，成為小巧之語。

看官，我這樣貶損普通話，是有危險的，會無運行的。因為，《食神》有另外一句更精警的對白：

「你大鑊喇！方丈份人好小器架！」

看了直瞪眼

朋友傳閱了小學一年級的中文功課，是填充題[1]：

我說了不該說的話，哥哥（ ）了我一眼，怪我多嘴。

選擇：

A、瞪

B、盯

C、望

D、瞧

六歲的小孩答這種所謂語文練習，不論是來自粵語區還是北方官話地區，都是強人所難。成年人也未必分得出這四個字的差別，也沒必要分清楚。

這種語義辨析，簡直是大學程度的語言學。答案？A、B、D都可，C勉強可以。A是憎惡感最強烈的答案，但不一定對，因為哥哥會饒恕弟弟的，故此D也可以，甚至更合乎華夏倫理的兄友弟恭。隨便用個瞪字，是紅樓夢的王熙鳳吧？學校的語文練習，鼓吹情緒最極端的答案，是訓練學生做神經病人吧？

要甚麼時候才是用瞪呢？該是這種情況：

爺爺剛斷了氣，我細聲說，往後不必來醫院探望了，哥哥瞪了我一眼，也沒再說甚麼。

1 啟思出版社的小一習作。

這是到了白話文學作家的那個層次，才分得清楚的。其實也不是要分清楚才可以做作家的。例如上述的句子，即使是作家，也可以寫個「望」字，甚至「看」字，哥哥瞪眼還好，如果只是看，那麼應該怒氣更大的。這個，寫語文課的人懂得分辨嗎？

這種練習，要到了中文系第四年讀白話文學的時候才可以教。認識白話，要到了這個程度，才可以教學生寫白話文，否則只能教公文、教古文。白話才是最難掌握的，我在拙著《粵語學中文，愈學愈精神》論說過[2]。

瞪眼，在廣東話怎樣說呢？「瞪」有兩個意思，一是使勁睜大眼睛看，例如：「小女孩第一次來電影院，開場的時候，她眼睛大大地瞪着銀幕上的光影世界」；二是表示睜大眼睛注視着人，顯出不滿，例如：「我不知道有甚麼得罪了他，我的話還沒說完，他就瞪起眼來，怪我浪費他時間。」

對應北方話的「直瞪眼」，廣東話是講「眼倔倔」、「眼擎擎」。「眼倔倔」是直瞪着眼，「眼擎擎」是看得目瞪口呆，瞪眼之中帶有翻白眼。

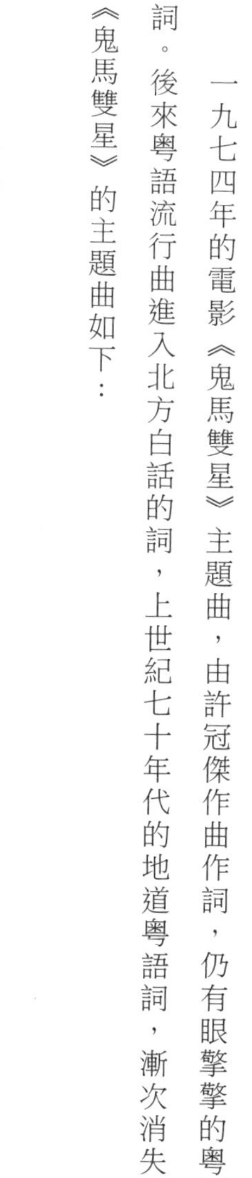

一九七四年的電影《鬼馬雙星》主題曲，由許冠傑作曲作詞，仍有眼擎擎的粵語詞。後來粵語流行曲進入北方白話的詞，上世紀七十年代的地道粵語詞，漸次消失。《鬼馬雙星》的主題曲如下：

為兩餐乜都肯制　前世
撞正輸曬心翳滯　無謂
求望發達一味靠搵丁
鬼馬雙星　綽頭勁

亂博懵撈偏門確　唔曳
做慣監躉經已係　成例
求望發達一味靠搵丁
鬼馬雙星　眼擎擎

2 拙著《粵語學中文，愈學愈精神》，香港：花千樹，二〇一四。書中的第四部分，論述白話文之難。

外公與姥爺

中國推廣普通話，語法與語彙並非以標準白話文文本，而是以北方土話入文，之後推向全國，是將鄉野之言視為大雅之言。二〇一八年六月，上海小學二年級的語文教科書被揭發有兩篇課文，以「姥姥」取代原文中的「外婆」。傳媒查詢上海市教育委員會，竟然回應說「姥姥」是普通話詞匯，「外婆」和「外公」則屬方言，希望學生了解祖國語言的多樣性云云。內地網民坦言，「北方叫姥姥，南方叫外婆，怎麼南方叫法就是方言」、「政治中心在北方，南方人只能服從」[1]。

外婆、姥姥，何者是通用中文呢？上海市教育委員會指出，外婆叫法是方言，所以教科書一律要刪走原本印有「外婆」的字，統統改做「姥姥」。這件事引起不少爭議，一直用慣「外婆」的網友都質疑為何要改。

北京語言大學語言研究所出版的漢語方言地圖集指出，「媽媽個阿媽」最正確的講法是外祖母，「姥姥」是北方人的叫法，「外婆」則主要是南方人的講法，換言之，兩者都是方言。

不過，有語文專家指，其實南方人叫的「外婆」更加貼近中國文化，已經是通用詞。而且一些中國近代著名作家，如胡適、豐子愷，他們的文章都有用「外婆」，難道又要拿他們的文章去改嗎？

母親的親戚成為外戚，母親的父親是外祖父，母親是外祖母，然而由於兒童依戀母親，故此外祖父外祖母的人情往往比起自己的祖父祖母要濃，故此有更多的鄉野俗

1 〈上海小二課文「外婆」變「姥姥」 市教委：「外公外婆」是方言〉，《明報》即時新聞，二〇一八年六月二十一日，十八點零六分。

稱，南方沿用婆、爺的講法，用「外」來區別。廣府話稱外公、外婆，俗稱是阿爺、阿婆，自己祖家的叫阿公、阿嫲。客家人估計內外之別，不稱外公、外婆，而用方言詞「毑」，母親的意思，讀音如「姐」，毑公和毑婆是母親的父母，俗寫為姐公、姐婆[2]。

「外公、外婆」由於構詞合理，望文生義，比「外祖父、外祖母」要簡短，已超出了南方鄉野之言，白話小說也用。以明朝的江淮官話為本的《西遊記》第六十七回：「聽見說拿妖怪，就是他外公也不這般親熱，預先就唱個喏！」明朝用江淮官話寫的《儒林外史》第二一回：「舍下就在這前街上住，因當初在浦口外婆家長的，所以小名就叫做浦郎。」清朝的《二十年目睹之怪現狀》也用江淮官話，第九九回：「回來到了那邊，你叫我一聲外公，我認你做外孫罷！」也用「外祖父」。

晉朝和宋朝都經歷過東遷江左，定都南京，將中原音與吳語混和，逐漸變成江淮官話，乃江蘇、浙江一帶的通行語。如今上海的教育當局竟然貶斥外公外婆為南方方言，而用東北的方言姥姥、姥爺代替外公外婆，可謂認賊作父。

稱外祖母為外婆，有幾古老？唐代的佛教筆記《法苑珠林・卷五十七・李校尉》云：「唐龍朔元年。懷州有人。至潞州市豬。至懷州賣。有一豶豬。潞州三百錢買。將至懷州賣與屠家得六百錢。至年冬十一月。潞州有人。姓李。不得字。任校尉至懷州上番。因向市欲買肉食。見此豶豬。已縛四足在店前。將欲殺之。見此校尉語云。汝是我女兒，我是汝外婆，本為汝家貧，汝母數索，不可供足，我大兒不許。我憐汝母子，私避兒與五斗米。我今作豬，償其盜債，汝何不救我？」

反之，姥姥是俗稱，像是兒童語，構詞不能令人望文生義，大概在明代才入文。明代沈榜《宛署雜記・民風二》記載：「外甥稱母之父曰老爺，母之母曰姥姥。」姥姥最出名的，算是劉姥姥了。她是清初小說《紅樓夢》的詼諧人物，是小說裏面四大家族之一的王家的「偶然聯宗」族親王成之子王狗兒的岳母，王狗兒之子王板兒的外祖母，故此稱為「劉姥姥」。清光緒年間，文康《兒女英雄傳》第二十三回「返故鄉宛

2 避忌也許來自外婆在某些地方是嫖客對妓院老鴇的稱呼。清人余懷《板橋雜記・雅游》云：「妓家，僕稱之曰娘，外人呼之曰小娘，假母稱之曰娘兒，有客稱客曰姐夫，客稱假母曰外婆。」

轉依慈母　圓好事嬌嗔試玉郎」就寫道：「一直管裝管卸，到姑娘抱了娃娃，他做了姥姥。」

香港人最熟悉的姥姥，是徐克電影《倩女幽魂》（一九八七）裏的千年樹精姥姥，老演員劉兆銘飾演。這位姥姥吸血為生，比起童話故事《老虎外婆》[3]更加嚇人。

3　情節與《格林童話》的小紅帽故事相近。

有咩慘得過鍾意一個人，但又好清楚同佢唔夾

一陣我先講標題，先講廣東話的語法。廣東話的比較的講法，用古文的「過」字。例如北方人說「他比我好」，廣東話講「他好過我」。舊時戲文，也有「富過石崇，窮過范丹」之語。北方話也講「過」字的比較用法，但多是限於套語，例如「（今時）勝過舊時」。古文也用「於」字來比較，例如「苛政猛於虎」、「青出於藍勝於藍」、「哀莫大於心死」等。

過字用得最長的文句，應該是周星馳在《西遊記》（一九九五）飾演的主尊寶的對

白吧：

「曾經有一份至真嘅愛情擺係我面前，但係我冇去珍惜，到冇咗嘅時候先至後悔莫及，塵世間最痛苦莫過於此。如果個天可以俾機會我番轉頭嘅話，我會同佢講我愛佢，如果係都要係呢份愛加上一個期限，我希望係……一萬年。」

這段話，換成北方白話，是這樣的：

「曾經有一份真誠的愛擺在我的面前，但是我沒有珍惜，等到失去的時候才後悔莫及，塵世間最痛苦的事莫過於此。如果上天可以給我個機會再來一次的話，我會對這個女孩說我愛她，如果非要在這份愛加上一個期限，我希望是，一萬年。」

廣東話用「過」字，只是語言習慣，不一定令句子簡潔的，只是邏輯關係較為暢順。例如將廣東話講「我今日早過老師入班房」，北方話講「我今天比老師更早進入課室」，字數是差不多的，只是比較的東西——遲還是早——講得先好多，令聽者更快知道，講話的人在比較些甚麼。至於北方話，是先講出誰與誰比較，之後才講出比較的是甚麼。這種詞序的差異，顯示了講廣東話的人與講普通話的人的思考表達方式是不同的。族群的差異就這樣分出來了。所謂「人比人，比死人」（氣死人），每個人都有不同長處，講廣東話的，是看你比較些甚麼，心裏好受一些，北方話就先將兩個人放在一起比較，之後才講出在比較甚麼，一開始就令人緊張起來，感受不好。

英文、法文和德文的語序也是一樣，先講比較的是甚麼，之後才將比較的對象放在後面，例如英文講 I run faster than you. 廣東話是「我走得快過你」，普通話就變成「我跑得比你快」。

自從有了社運界的包容弱勢論和周星馳《唐伯虎點秋香》的「賣小強」的例子之後，好多香港人都鬥慘情，博同情，大家鬥慘，而不是互相安慰、互相激勵。例如說「你慘得過我？」，就是要人收聲，讓一下他。

「你慘得過我？」的那個「得」字，是粵語表達的精粹，用白話來改寫，要寫成「還要」，那就長篇累牘了，要這樣寫吧：「難道你比我還要慘（吧）？」

我在網上論壇找到「慘得過」的長版本，我玩一下，用來做了文章標題。這句話在這裏重複一次：

「有咩慘得過鍾意一個人，但又好清楚同佢唔夾？」

這話換成白話，如此寫：

「有甚麼比這個更慘的，喜歡一個人，自己又很清楚跟他相處不來（的）？」

網友同病相憐，這樣回應，大家鬥「賣小強」：

「有咩慘過好夾，但係佢唔鐘意我。」

這句話，北方人個個字都識得，但偏偏唔知點解。要這樣翻譯才行：

「有甚麼比這個還要慘的？與他相處得蠻不錯，但他卻不喜歡我。」

留返拜山先講

香港有頗多流行語，是難以考據源流的，例如「留番拜山先講」，可以考據到，是語出陳立品飾演之珍嫣，在《黃飛鴻天后廟進香》（一九五六）留下的名句。她在戲中經常重複此言，令此言不脛而走，散播到其他香港語言族群。

粵語崇尚簡潔，「留返拜山先講」是「留返拜山先至（好）講」的簡略語。此語的情景，是言者滔滔不絕，聽者不為所動，甚至覺得對方掃興，滋擾精神，便口出此言，令對方知難而退。例如說：

喂，我而家唔得閒聽你講住，你有嘢留返拜山先講啦。

故老相傳，子孫拜神，向祖先牌位或墳墓禀告，可以不厭其煩，嘮嘮叨叨，故此說是「有嘢留返拜山先講」。這也是嘲笑的意思，就是對方的話，向死人講是沒所謂啦，向活人講，就是要我活受罪。

祖墳多數在風水寶地，不一定是在近處的。以前鄉下拜山，要徒步甚至搭船到遠處山頭，之後是割草掃地，才是焚香拜祭。拜祭之後煮飯野炊，席地分食祭肉和生果，一留就是幾個鐘頭，大家到埗之後就毋須趕忙，有話對祖先或對同輩都可以娓娓道來。以前大祭，多數在重陽節，清明節是小祭，而且春雨綿綿，墳地不宜久留，重陽節秋高氣爽，秋收的農事也完畢，農家可以在山頭休息，心情好起來，也不怪罪族人多言。

這句諺語變成通用中文，費煞思量。字面意思是「有甚麼話留到祭祖時再說」，內容是「你別羅嗦了，要說就在拜山的時候自己說個夠」。

我們用原句試一下改寫吧。重複原句：

喂，我而家唔得閑聽你講住，你有嘢留返拜山先講啦。

改寫為通用中文或雅言，是：

請恕我此刻事忙，不及細聽，閣下何不待到重陽祭祖，菊花盛開之時，吾等把手登高望遠，再來洗耳恭聽？

這種講法，即使是出自大人先生之口，也是反諷。還是用白話直接一點：

喂，我現在沒空聽你的，你真要有事要講，就留到拜山的時候再講吧。

刀光劍影—銀行

二〇一七年十月九日，滙豐銀行地鐵站廣告，圖是女子在圖書館書架之間席地讀書，文是「游刃於為子女海外升學鋪路」。

朋友認為文句不通，在面書貼圖出來評論，網上整日議論紛紛。另有朋友慨歎近年海外升學的人數爆升，可謂中產學生大逃亡。銀行視之為專項業務，可以招徠生意。有云赴英升學的簡介會現在已在會展的大場舉辦，同場有銀行

游刃於為子女海外升學鋪路（蕭傑拍攝）

擺檔開戶。

先不論「游刃」在此語理是否正確，行文是否暢通，客戶見到刀刃之詞出現與海外遊學廣告，恐怕擔心校園槍擊案了。銀行廣告陳述客戶為子女升學鋪路依然可以泰然自若，從容面對，卻出現刀光劍影，可謂沒有 taste 也沒有 class[1]。

也有人認為，「游刃」一詞，可以單獨使用，不一定要用成語「游刃有餘」。

「游刃」比喻技藝熟練，出神入化，縱然遇到艱難險阻，也是進退自如，從容不迫，典故來自《莊子‧養生主》之庖丁解牛故事：「彼節者有間，而刀刃者無厚；以無厚入有間，恢恢乎其於游刃必有餘地矣。」成語是「游刃有餘」，「游刃」也可以單獨使用，南朝梁人沈約《牷雅》詩云：「庖丁游刃，葛盧驗聲。」

宰牛之外，政務、訟案、佛典之類，也可用游刃比喻揮灑自如，談笑用兵。唐人劉待價〈議郎行兗州都督府方與縣令上護軍獨孤府君君碑銘（並序）〉云：「遊刃盈庭之訟，發蒙列局之疑……。」南朝齊人王琰《冥祥記》云：「晉興寧中，沙門竺法義，山居好學，住在始保山，游刃眾典，尤善《法華》。」明人王世貞《二酉山房記》曰：「間以餘力遊刃，發之乎詩若文，又以紙貴乎通邑大都，不脛而馳乎四裔之內。」

莊子之後，使用游刃的典故的，都有人物在前，如「庖丁游刃」，或者有業務在後，如「遊刃盈庭之訟」、「游刃眾典」。典故用語的後面，不能帶太長的句子，匯豐銀行的「游刃於為子女海外升學鋪路」，是太長了，而且領帶兩個動詞：升學、鋪路，那要揮舞兩把牛肉刀，才可以游刃的了。

檢查漢文的長句是否通暢，可以一步步省略虛詞來看：

「游刃於為子女海外升學鋪路」→「游刃於海外升學鋪路」→「游刃於升學」或

1 採自網友 K. Chan 的面書意見。

「游刃於鋪路」。

精簡句子來檢查句法是否通暢之後，發現是狗屁不通。

另外一個檢查漢文句法的方法，是調換一個近義詞。例如「揮灑自如」的「揮灑」。檢查的結果，依然是狗屁不通：

「揮灑於為子女海外升學鋪路」→「揮灑於海外升學鋪路」→「揮灑於升學」或「揮灑於鋪路」。

中文是有句法的，也有中文語言學的檢查方法。這些都是學術，而且是語言學的初階。

滙豐銀行此句，出了甚麼問題呢？「游刃」是用於純熟掌握的業務範圍，也暗喻環

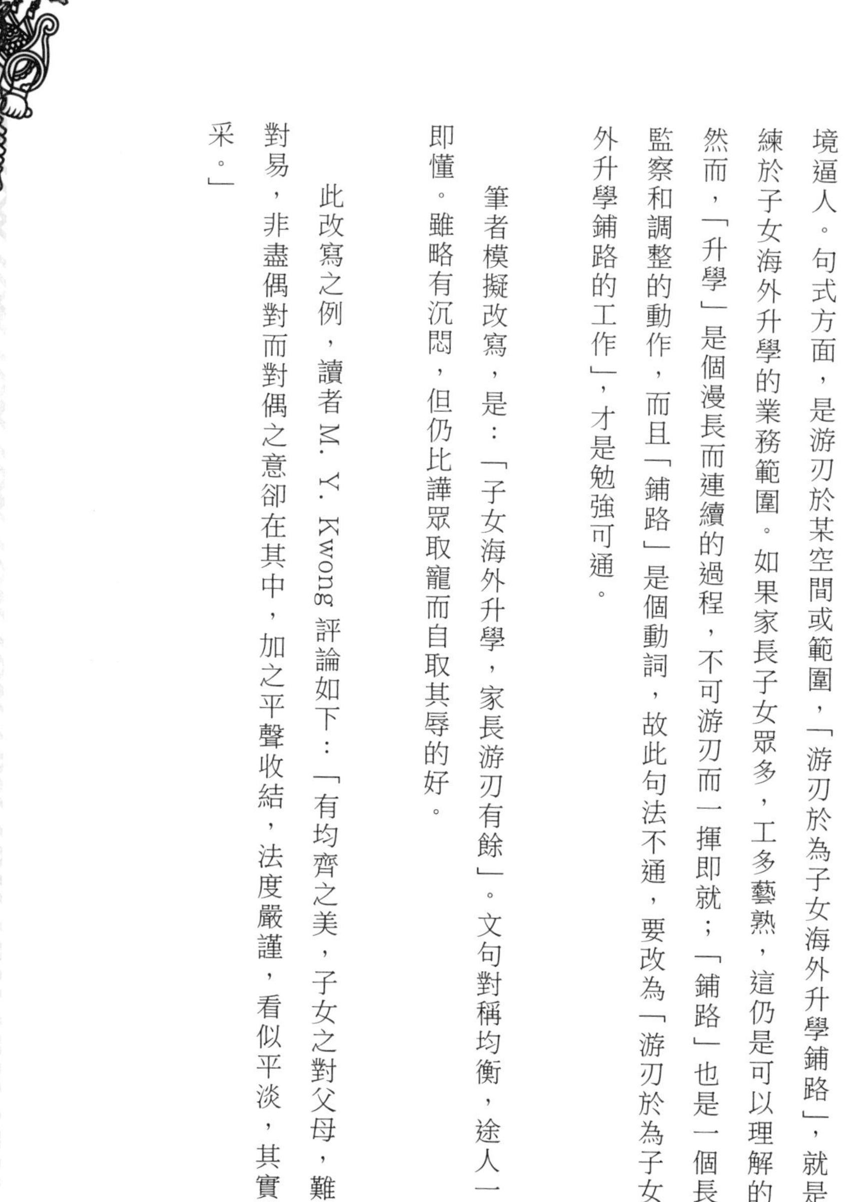

境逼人。句式方面，是游刃於某空間或範圍，「游刃於為子女海外升學鋪路」，就是熟練於子女海外升學的業務範圍。如果家長子女眾多，工多藝熟，這仍是可以理解的。然而，「升學」是個漫長而連續的過程，不可游刃而一揮即就；「鋪路」也是一個長期監察和調整的動作，而且「鋪路」是個動詞，故此句法不通，要改為「游刃於為子女海外升學鋪路的工作」，才是勉強可通。

筆者模擬改寫，是：「子女海外升學，家長游刃有餘」。文句對稱均衡，途人一看即懂。雖略有沉悶，但仍比譁眾取寵而自取其辱的好。

此改寫之例，讀者 M. Y. Kwong 評論如下：「有均齊之美，子女之對父母，難之對易，非盡偶對而對偶之意卻在其中，加之平聲收結，法度嚴謹，看似平淡，其實精采。」

浸大學生會公函粗鄙無禮

二〇一八年一月十七日，浸會大學學生團體「因普盟」、學生會與「浸大山神」成員到該校語文中心短暫佔領，抗議該校規定學生必須考普通話試才可畢業，而大陸學生及外國學生可以獲得豁免。事件因為佔領行動不當而無功而還。學生團體投訴，也是不得要領，他們沒有依照我的提示，以歧視本土學生的角度抗議，反而抗議考試太難，令他們難以畢業。

在抗議之前，同年一月十四日，學生會發出公函，是用所謂「粵文」寫的，全文如下：

香港浸會大學學生會 Hong Kong Baptist University Students' Union

【就普通話畢業要求致語文中心之聯署信】

語文中心：

喺二零一七年四月，浸大學生會喺本校就取消普通話畢業要求舉辦咗一個校政論壇。論壇內，唔少師生都表達咗佢哋對現行政策嘅憤怒，希望校方從善如流，盡快作出修改。後來部分學生代表同校方會面，討論相關問題。校方當時承諾，語文中心會推出一個只測試同學基本普通話溝通能力嘅豁免試，只要同學取得合格成績，就唔需要報讀有關普通話嘅課程去滿足畢業要求；而且當絕大多數同學都喺豁免試合格，普通話畢業要求亦可取消。

當時我哋認為，校方雖然未應承會喺未來取消普通話畢業要求呢個惡法，但總算有一絲希望。但校方竟然背信棄義，喺豁免試裏面處處刁難同學，違背當初承諾。

會面期間，校方向我哋保證，豁免試內容只會要求同學有基本嘅普通話對答能力，預期大部分同學會合格；但喺實際考試裏面，竟然有考官因為同學「語氣同設計角色不符」，所以給予唔合格嘅成績——到最後，豁免試只有三成同學合格！根據官方早前嘅說詞，如果豁免試大多數同學合格，普通話畢業要求隨時因而取消；可見，由語文中心嘅普通話導師作為豁免試嘅考官，存在明顯嘅利益衝突。有利益衝突為先，加上同預期不一嘅合格率以及同學嘅實例，難以令我哋對豁免試信服。

普通話畢業要求從根本論，已經係一個無理嘅要求；豁免試亦唔係一個解決問題嘅方法，只係一個取消惡法前嘅過渡。如今校方自行打破承諾，除非重新作出讓步，恐怕難以修補學校同學生之間嘅溝通平台。因此，我哋今日向語文中心提出三點要求，如果喺一月十六號（星期二）夜晚十一點前未有合理答覆，我哋將會有進一步行動。要求如下：

一、聘用語文中心外嘅教師作為豁免試考官，以避免利益衝突，而且公開往後豁免試嘅評分準則；

二、儘快安排所有喺豁免試唔合格嘅同學，補考經第一點更改後嘅豁免試，以及向所有同學公開今次嘅豁免試評分；

三、為取消普通話畢業要求定下時間表。

希望語文中心能夠明白浸大同學嘅聲音，以行動回應同學嘅訴求。

香港浸會大學學生會

（筆者按：院系學會從略，本文不引述）

受過教養的人講出的粵語，本來就是雅潔簡明，轉為公文，易如反掌，可惜浸大學生會主事者不學無術，或蓄意要破壞學生的抗議行動，寫出一篇毫無文采也用語粗鄙的公函，令校方及外界認為學生中文水平淪落，要逃避考試。我略修改公函的第一段為例：

語文中心執事先生鈞鑒：

冒昧致函閣下，商討普通話畢業試豁免之事。事情未必與　貴處有關，　貴處也未必可以主持大局，唯豁免試乃　貴處主辦，故直函　貴處商議。

普通話是否學好中文之關鍵所在，普通話是否香港畢業生仕途所繫，暫且不論，然則本校普通話畢業考試要求之嚴苛，似非大部分以粵語為通行語之香港學生可以容受，亦非將來在華語企業或北上工作所必需。於二〇一七年四月，本會舉辦論壇討論普通話畢業要求之事。論壇內，師生多不滿校方現行政策，望祈校方從善如流。學生代表事後與校方會談，校方當時承諾，語文中心會推出一個只測試學生基本普通話溝通能力之豁免試，只要學生合格，即可免去報讀有關普通話之課程而滿足畢業要求。而當大多數學生在豁免試合格之後，普通話畢業考試之要求亦可一併取消。

此乃以事論事、情理兼備之公函，我手寫我口而已，並不難寫。問題是，你的口講不出這些道理，不論你學中文用的是粵語還是普通話，都寫不出這些中文。

短暫佔領行動之後，社會輿論大多譴責學生無禮，該校學生會乃於一月二十一日發出公告：

浸會大學學生會發出的聲明如下：

由於近日傳媒廣泛報導本會喺本月十七號（星期三）嘅佔領語文中心行動，當中涉及唔少誤解，特此作出五點澄清：

（一）根據檢討大學語言政策專責小組嘅決定，普通話豁免試原意為測試同學嘅普通話基本溝通能力，但最後唔少同學儘管被考官評價表達流暢，亦因各種離奇原因而唔合格，如「語氣不符角色設定」；

（二）本會帶領同學佔領語文中心，並非單純基於普通話豁免試難度高且合格率低，而係基於出題方式同協議不符、評分準則唔透明、欠缺完整上訴機制、遲遲未計劃取消普通話畢業要求等因素；

（三）錢大康校長嘅群發電郵指出，校方樂於解答同學疑問，本會無法苟同——事實上，語文中心嘅主任喺同學提出要求後超過五個鐘，先肯將評分準則公開，且談判期間多次以「冇其他準則」、「三個部分比重一樣」等錯誤講法，企圖誤導同學對實際評分標準嘅理解；

（四）就普通話畢業要求，本會以至其他基本會員已經循唔同渠道，向校方表達訴求，包括體制外嘅公開論壇、全民投票、公開信、體制內嘅教務議會等，但以上行動都無法動搖普通話畢業要求，本會因而以佔領語文中心希望得到合理回應；

（五）本會尊重所有希望修讀普通話課程嘅同學，亦無意要求校方取消所有普通話課程；普通話對浸大同學修讀其他課程無必然幫助，亦唔係唯一可以修讀嘅外語，本會唔認同作為一間立足香港嘅大學，需要將普通話能力列作畢業要求。

希望各位會員清楚明白事件背景。另外，喺談判過後，校方承諾舉辦一次公開會議，就豁免試同普通話畢業要求進行檢討，希望同學參與，詳情如下：

日期：二零一八年一月二十三號（星期二）
時間：下晝一點至四點
地點：善衡校園方樹泉圖書館 FSC 501（鏡房）
語言：廣東話，輔以英語及普通話

校方一直以嚟只係話，豁免試會考核同學嘅普通話基本溝通能力，最後竟公然違背當初對同學嘅承諾，是為失信。明知豁免試內容制訂倉猝，評分毫無透明公開可言，仍然推出畀同學去考核，是為失職。本會僅此希望校方負上校方應負嘅責任，正

視普通話畢業要求嘅流弊，正面回應同學一直以嚟嘅訴求。

香港浸會大學學生會

二零一八年一月二十一號

看來學生團體裏面有偽港獨成員，他們主張寫「港語」，就是香港的粵語白話。列出這兩封公函，是給大家看看偽港獨影響之下的所謂粵語書寫。浸會大學學生會致該校語文中心的電郵公函，寫的不是粵文，而是北方官話為本的白話文的粵語翻譯。是採取北方官話做底本，之後將那些「的」、「在」之類，改為「嘅」、「喺」。整篇公函，充滿共產黨式北方話的粗鄙無禮，敗壞該校的學生形象。香港某些大學生之不學無術，在此可見一斑。

以前廣東人在廣州做的、英國人在香港做的，是用粵語為底本，加上華夏雅言、北方官話和西洋翻譯詞做香港粵語，但底本仍是粵語。即是說，以前的香港中文，是將廣東話轉寫為淺白文言，例如用「乃係」來代替「是」，做法好似朝鮮、安南和日本以前用漢文書寫的年代。香港的偽港獨派做的，竟然是用北方官話做粵語底本。這種丟架和自我踐踏，自我丟失文化主體性，真令共產黨看得心花怒放。

該信的唯一通用中文，就是標題：

「就普通話畢業要求致語文中心之聯署信」

然而，此標題並非文言，只是香港現代行政的八股文。該改為：

抗議普通話考試及格列為畢業必須

或

抗議校方規定本土學生必須普通話畢業考試及格

因為下面有各學生團體聯署，就是聯署信，毋須在標題寫明。

學生會的公函，筆者不費力修訂了，只略修改第一點，做個語文練習：

原文：

（一）根據檢討大學語言政策專責小組嘅決定，普通話豁免試原意為測試同學嘅普通話基本溝通能力，但最後唔少同學儘管被考官評價表達流暢，亦因各種離奇原因而唔合格，如「語氣不符角色設定」；

筆者修訂如下：

（一）據大學語言政策專責小組之規定，普通話豁免試只用於測試學生普通話之基本溝通能力而准予豁免，而參與考試之學生頗多獲考官評為表達流暢，然而最後卻以

各種無關語文能力之原因而不許及格，如「語氣不符角色設定」之類。請問豁免試是口語能力考試，還是戲劇能力考試？

中出羊子名言

香港城邦王室昭明公主，為了競選區議員而改名中出羊子，為了做好上帝睇中嘅細路，拯救東亞，一直急公好義。她向來語出驚人，而且留下不少粵語潮語。

今國師得閑，文白對照如下：

Sherman以前唔係咁——舊情人Sherman以前不是這樣的

Sherman正仆街——Sherman真該死

畀返以前嘅Sherman我——把以前的Sherman還給我

唔使掛住我——我走啦，不必掛念

吃糧——食晚飯，通常是×仔米線

冬眠晚安——晚安

洗羊毛——洗頭之意

雌性小動物——女人

雄性小動物——男人

國師今日好厲害——國師今日的帖文見解獨到。或：國師今天的帖文好來勁

二〇一八年六月十八日，公主坐單車出巡深水埗，去鴨寮街買器材，老闆是她的擁躉，他們兩人對話如下：

老闆：「我咪喺旺角同你影過相，我哋成班呀叔撐硬你㗎，不過你知我哋撈生意比人知道咗好麻煩，格殺勿論架依家，仲有冇同陳雲聯絡呀？你就勁啦咁多女圍住你。」

公主：「有呀，間唔中都會去聽佢講座，d女可遠觀而不可褻玩㗎，你點知係咪

國家派嚟嘅人？你哋唔好成日以為我好風光先得㗎，喺台灣果陣就好d。」

老闆：「咁又係，自己執生啦，要食就帶番去自己個竇。拿你地仲後生，唔駛急嘅，慢慢嚟同佢哋鬥長命。」

公主：「係呀，孫中山都要走佬啦，讀完書番黎再同佢死過。」

此話十分之「深水埗」，地道十足，換成白話，頗費思量，該這樣吧：

老闆：「我就是跟你在旺角拍照那個啦，我們一整群大叔都是支持你的，但我們做生意的，給人家知道就惹麻煩，現在是格殺勿論的啊。你還有沒有跟陳雲聯絡呀？你好厲害啊，這麼多女人圍着你。」

公主：「有啊，我久不久就去聽他講座的，那些女的啊，可遠觀而不可褻玩焉，說不準就是國家派來的。你們不要老以為我活得風光，在台灣那陣子才好一點。」

老闆：「那又是，你自己當心點啊，要吃就帶回自己家吃。誒，你們還年輕嘛，別著急，慢慢和他們拼，看誰長命。」

公主：「就是嘛。孫中山也要走路，讀完書我再回來跟他們拼命。」

中出羊子在日本地震之後，也出了帖文：

母：「呀仔呀，你遲d去到日本呢，地震好危險呀。」

子：「唉呀，香港跳樓死學生都唔止呢個數啦，香港人去到邊都冇有怕嘅。」

#亞洲國際地獄（hashtag）

換成白話：

母：「孩子啊，你快要到日本去啦，地震好危險啊。」

子：「唉呀，媽，這算甚麼呀。香港跳樓死的學生，都不止這數啦，現在香港人去到哪裏都不用怕的。」

塞車與堵車

上世紀九十年代，在德國遊學的時候，與大陸同學一齊搭車，看見公路塞車。我便說香港整日都塞車。她聽不懂，還以為香港整日都有賽車舉辦。後來她弄清楚我的意思，才說：「我們說堵車，不說塞車的。」我聽了也不明白，堵車是專門拿車來堵塞公路，是刻意的行動。一九八九年在北京的天安門民主運動，示威者就曾經用單車來堵塞運兵車的進路。

「塞車」是道路車輛擠塞、交通擠塞的簡稱，是狀態描述，事實如此，雖然自己把車開出馬路，有份將情況弄得嚴重，但沒人喜歡塞車的。香港人講塞車，也是上世紀七十年代才流行的，汽車過多而車路不足之故。例如學生說今早道路車輛擠塞，無法上車趕回學校，便說：「今朝好塞車，返學要遲到呀！」

「塞」是堵塞瓶口、路口、入口的意思，也有填滿空間，動彈不得的意思。香港的交通擠塞，歷史比中國大陸或台灣要來得早，香港人創造了「塞車」的詞，也是望文生義的，但大陸人偏偏不會採用。當然，另外一個原因，是普通話是經過現代共和國政府簡化的通用語，削除不少聲韻，令普通話聲韻匱乏，產生的同音字和近音字太多了。「塞（sāi）車」與「賽（sài）車」的聲調近似，如果加上地方發音，頗難辨認分別，於是唯有另外造了「堵車」一詞。「堵」是矮牆的意思，圍堵、堵塞是阻塞之意，但有主動做成的意味。「塞」是要道、關口被塞住了，故此塞車是某個必經之處被塞住，而不一定是整條路都被堵住。「塞」字也是屏障的意思，如「邊塞」、「要塞」、「塞翁失馬」等等，這時普通話讀 sài。

「九七之後，香港四處都係無了期嘅大白象工程，好似大埔段路，十幾年都是圍欄，無條路好行，重久唔久塞車。」

這是在新界的車上常聽到朋友的怨言。

這話換成白話，該是如此：

「九七之後，香港四處充塞無了期的大白象工程，好似大埔這段路，十幾年都是圍欄，沒有一條路是好行的，還久不久就堵車／塞車。」

普教中之後，恐怕下一代的香港人，也講「堵車」而不講「塞車」。將來我們老一代聽了，也不要以為香港年輕人拿車子來堵塞馬路，鬧革命才好。

人都癲，蛇都死

白話中文的「也」字，用於對比、比較，「都」字用於涵蓋一切。在虛詞的用法，廣東話講「都」而不講「也」，粵語口語換成通用中文的時候，往往令香港人困惑，有時為了保險，全都換了「也」。其實大可不必，書面語也用「都」字的。近人梁若容的〈我看大明湖〉的第一段，就有「都」與「也」的用法：

「常聽見人說，讀了《老殘遊記》去遊大明湖，一定會感到失望或幻滅，因為百花隄沒有花，歷下亭碰不到名士，大明湖不是湖，乃是一條小河，夾岸長滿了蘆葦。還有些粗心的人，既不注意時間，也不注意地方，在歷下亭邊找千佛山的倒影，在滿天雲霧裏看鵲華秋色，找不到，看不見，就懷疑老殘撒謊，或更斷定是文人誇誕。大明

湖因為老殘遊記的描繪出了名，也因為好多遊人指出它的名不副實，使齊魯山水都減了聲價。」

「都」是涵蓋一切，這句的「都」，是涵蓋一切齊魯山水。

「也」，是兩事相近，而提另一事，表示同樣、轉折、讓步的語氣，如上文的一句：「還有些粗心的人，既不注意時間，也不注意地方……」

「也」字用作虛詞，是近代的用法，古文用「亦」。廣東話一般都用「都」字來包括「也」，如果老一輩的廣東人，講精細的粵語，就用「亦」、「亦都」。

例如白話這樣寫：

甲：我明日要去郊遊，你也去吧？

乙：好啊，我也來。

廣東口語便說：

甲：我聽日去郊外行下，你都來嘛？

乙：好喔，我都來啦／我亦都來啦。

「也」字表示讓步、容忍和語氣轉折：

白話：給他們試一下也好，否則他們不會甘心。

粵語：畀佢[1]哋試下都好嘅，否則佢哋唔會心息。

1 佢，宋代白話寫做「渠」。佢是廣東字。

九七之後，香港生存環境惡化，搞到人都癲：

> 九七之後香港搞成咁，變到阿媽都唔認得，一出街通處都係大陸人，呱呱嘈，真係人都癲。

寫成白話，就是如此：

> 九七之後香港弄成這個樣子，變到好像媽媽認不出孩子似的，一上街，到處都是大陸人，鬧哄哄的，吵得令人發瘋。

香港粵語在都市鍛煉，變得簡潔起來，「阿媽都唔認得」是阿媽都唔認得個仔女的簡稱。

幾十年前，農村小孩玩蛇，用水淹土埋、棍子吊打之類。蛇是好耐命[2]的，怎麼玩也不會死，但也有頑皮小孩，連蛇都玩死的，例如近年大陸學生來港讀大學，又申請獎學金，也有在大陸考香港的中學文憑試（DSE），之後用香港大專聯合招生計劃（JUPAS），與香港本地學生爭奪大學學額的。香港的青年人，難免會這樣埋怨吧：

嘩，啲大陸學生咁樣玩法，又申請獎學金又落來考DSE，真係蛇都死。

「真係蛇都死」或「蛇都死」，是「蛇都畀你玩死」的意思。

上面的那句話，換成白話，是咁的：

呵，那些大陸學生玩成這樣子啊，又申請獎學金又下來考DSE的，真的放一條蛇在那裏也給他們玩死。

2 「耐命」是客家話，受苦受難、打極都不死之意。

目睹香港近年的亂象，廣東人會講「咁都得？」。「咁都得」，在古文，是「是可忍，孰不可忍」的意思。新來居港的北方人，如與本地人同心同德，也許會講「這樣也可以？」或「這樣還得了（的）？」

始終，都係廣東話簡潔好多，你話係咪[3]？

3 係咪，是「係唔係」、「是不是」的意思。「唔係」在這裏合音，讀如 mai^3。

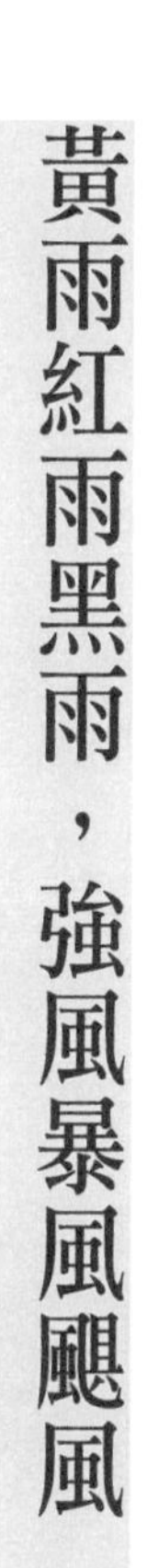

黃雨紅雨黑雨，強風暴風颶風

「以為好大雨，原來只係落黃雨喔，都無用嘅，要落黑雨先有得放假噶嘛。」親人這樣說，我也沒辦法。法力所限，求雨往往失靈，有時是遲到，有時是落錯了地點。親人是說，「以為下好大的雨，原來只係下黃雨啊，這也沒用，要下黑雨才可以放假的啊。」

外地的人來了香港，還以為香港生活色彩斑斕，不單止市面滿是七彩霓虹燈，連下雨都有顏色的。香港的颱風警告，用暴風、烈風、颶風等字詞，接近日常語彙，為甚麼暴雨警告，卻不採用日常語彙的大雨、暴雨、豪雨、傾盆大雨、滂沱大雨之類呢？何解要採用顏色分級呢？

我們看看暴雨警告的歷史。目前，根據香港天文台網頁的告示，暴雨警告分為三級，分別以「黃」、「紅」、「黑」三色標示。黃色暴雨警告信號，是表示香港廣泛地區已錄得或預料會有每小時雨量超過三十毫米的大雨，且雨勢可能持續。紅色暴雨警告信號，表示香港廣泛地區已錄得或預料會有每小時雨量超過五十毫米的大雨，且雨勢可能持續。黑色暴雨警告信號，表示香港廣泛地區已錄得或預料會有每小時雨量超過七十毫米的豪雨，且雨勢可能持續。

在預防措施方面，「黃」色信號提醒市民將有大雨並可能進一步發展至「紅」色或「黑」色暴雨情況。一些低窪地帶及排水情況欠佳的地區會出現水淹。有關政府部門、主要公共交通機構和公用事業公司應作出戒備。「紅」色及「黑」色信號忠告市民大雨將引致道路嚴重水淹並造成交通擠塞。各政府部門、主要公共交通機構和公用事業公司會採取應變措施。有關方面亦會作出明確指示，以便市民遵循。

一九六七年四月，天文台設立暴雨及雷暴警告信號，其中暴雨警告信號表示過去一小時已經錄得五十毫米的雨量。不過該等信號只供政府部門內部做應變之用，而不公開發佈。

一九九二年五月八日早上，香港暴雨，天文台錄得由早上六時至七時的一小時內降雨量高達一百零九點九毫米，打破紀錄，市面混亂。事後，天文台建立新一套暴雨警告系統，取代一九六七年的舊警告，最初分綠色、黃色、紅色及黑色四個級別。第一階段的綠色及黃色暴雨警告是預報之用，只向政府部門及公共服務機構發出。第二階段的紅色及黑色暴雨警告，則根據香港境內錄得雨量而發出，向市民公開發佈[1]。

在熱帶氣旋警告方面，香港的警報字詞與自然詞彙相通，烈風、暴風、颶風是本來的中文語彙。如目前使用的一號戒備信號、三號強風信號，八號烈風信號，九號烈風或暴風風力增強信號和十號颶風信號。

1 參考維基百科「香港暴雨警告信號」詞條。

在台灣，也用中文詞彙來發出暴雨警告的，中華民國在台灣的交通部中央氣象局在二〇一五年九月一日修訂之「大雨」及「豪雨」定義如下：

一、大雨(heavy rain)：指二十四小時累積雨量達三十毫米以上，或每小時雨量達四十毫米以上之降雨現象。

二、豪雨(extremely heavy rain)：指二十四小時累積雨量達兩百毫米以上，或三小時累積雨量達一百毫米以上之降雨現象。

三、若二十四小時累積雨量達三百五十毫米以上稱之為大豪雨(torrential rain)。

四、二十四小時累積雨量達五百毫米以上稱之為超大豪雨(extremely torrential rain)。

中文形容大風的字，頗多是兩字詞，方便套用在熱帶氣旋警告信號。然而中文的大雨詞彙，頗多是四字詞，例如大雨如注、瓢潑大雨、傾盆大雨、滂沱大雨等。不過，看了台灣的暴雨分級，難免有所疑惑。雖然分出級數，但台灣的大豪雨與超大豪

雨的命名過於機械，也超過兩個字，如果可以超過兩個字，為甚麼不用傾盆大雨、滂沱大雨呢？可以豐富人民的詞彙啊。

這樣，就可以有這種分級，統稱是大雨信號警號，分成三級：

一、暴雨

二、豪雨

三、傾盆大雨或滂沱大雨

出問題了。分了三級，中間有豪雨。廣東話一講，就是「豪乳」。到時天文台一公佈，大家遊目四顧，看看誰淋濕衣服，現出豪乳。還是用黃雨紅雨黑雨吧。

六根六塵亂作文

讀到朋友埋怨，說以前在學校作文，先生說要「多角度描寫」，是要學生寫得仔細一點，不要含糊其言，寫出事情的全貌。現在小孩作文，例如寫公園，先生給一張工作紙，要他嗅覺描寫一頁、觸覺描寫一頁、聽覺描寫一頁、視覺描寫一頁，支離破碎，不知所謂，卻要小孩跟隨指示做，末後加上幾句偽文青式矯情的「深深感受到……」、「我學到了……」，就會拿到好分數[1]。

網上查了一下，發現原來現在的教學出版社的作文練習，都有所謂「多感官描寫法」[2]。方法是描述各種感官的感受，運用修辭手法，運用着色詞和擬聲詞。善用不同的感官來觀察事物。如眼、耳、鼻、舌、皮膚、視覺、聽覺、味覺、觸覺。

眼、耳、鼻、舌、身、意，佛法謂之「六根」。色、聲、香、味、觸、發，佛法謂之「六塵」。我看了這些作文指引，還以為在教佛學、讀《心經》，然而《心經》是教人將六根六塵都捨棄的。現在，學校的課本卻教小孩要用盡六根和六塵來寫文章。

練習本用一張富士山下的葵花田，寫出這篇範文：

一個晴朗的夏天，我到了日本的一個村落。那兒的環境很恬靜，使人有回歸田園的感覺。看看遠方，一座青翠的山巒映入眼簾，十分巍峨，活像一個將軍守護着整條鄉村。山前有一排綠樹，像為山巒圍上一條綠腰帶似的，十分好看。山下的花田，栽滿了紅的花，黃的花，各種鮮花都綻放了笑臉；微風吹過，發出了沙沙的聲響，像奏着交響樂似的，彷如天籟；此外，微風還送來了陣陣花香，使人精神為之一振。花兒

1 參考朋友N. L. 的帖文，二〇一八年六月一日。

2 例如牛津大學出版社的五年級課文，單元八：美麗的世界，二〇〇六。

被風伯伯撫摸着，左搖右擺的，像向我們招手，歡迎我們的到來。置身其中，真有「世外桃園」之感。

這篇範文，感受全是假的，都是語詞堆砌，無病呻吟，而且造句僵化，比喻死板，恰似現在的學校教育。

我們作文書寫出經歷和體會，寫出感情。作文一切都可以假，惟感情要真摯。當情感也是假的時候，一切已經不重要。我去過日本，用自己的感受，再寫一次，大家看看吧：

今年夏天，我去了一趟日本，在富士山下一個村莊落腳，一住就是十幾天，竟不願意走動。住的旅館算是旅遊的地方，但環境仍是安靜的。出門看遠方的山，是見慣的富士山，但立在它腳下，迎著山光雲影來仰望，從腳跟前面的葵花看到山坡的樹林再看到半山腰的岩石，卻是姿態萬千，百看不厭。

寫成這樣，不難。但孩子被教錯了，一輩子寫不出來。也不是要孩子做作家，寫文章是要做個有感情的人而已，就是說，要活得像個人。你辛辛苦苦把孩子養大，卻送到學校把他們的感性殺死，使他們不像個人，這是何苦來哉？

客家佬寫中文

找到家中一張舊租約（見下圖），是家父當年在新界落戶某客家村落，與地主訂立。當年大家不懂粵語，也不懂北方話，日常交談以客家話，貿易生意也是用客家話。今將租約內的名字抹去，再謄寫租約的行文與內涵，加入標點，再逐條分析：

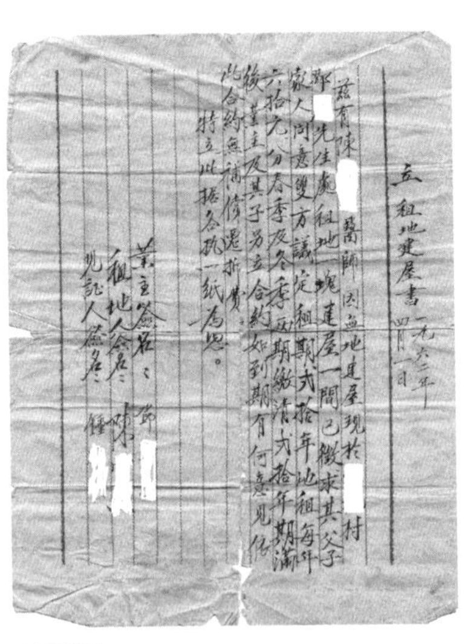

立 租地建屋書 一九六二年四月一日
茲有陳　醫師因無地建屋現於　村
鄭　先生處租地一塊建屋一間已徵求其父子
家人同意雙方議定租期式拾年地租每年
六拾元分春季及冬季兩期繳清式拾年期滿
後業主及其子另立合約如到期有何意見依
此合約無補償遷拆費
特立此據各執一紙為憑。
業主簽名：鄭
租地人簽名：陳
見証人簽名：鍾

客家租約

立租地建屋書

一九六一年四月一日

茲有陳某某醫師，因無地建屋，現於某村鄧某先生處租地一塊、建屋一間。已徵求其父子家人同意，雙方議定租期式拾年，地租每年六拾元，分春季及冬季兩期繳清。式拾年期滿後，業主及其子另立合約，如到期有何意見，依此合約無補償搬遷費。

特立此據，各執一紙為憑。

業主簽名：

租地人簽名：

見證人簽名：

當年新界建屋並無限制，故此在村落範圍之內，可以隨便興建簡單木屋或平房。合約以外客無地建屋之處境開始，有如將外來人納入村莊居住。土地繼承依照鄉村俗例，是父傳子，然而為了免卻爭執，業主不可以單獨決定，要徵求父子及家人（妻子、女兒）全體同意，才可以出租予外來人。地租分春秋兩季繳交，是顧慮到農耕收成是春秋兩季。行文至此，都是淺白文言。

期滿之後的寫法，就有現代中文。「另立合約」是重新續約的意思，「有何意見」是委婉之詞，是租客出了意見，不願意續租而遷出，則業主不必補償清拆及搬遷費用。業主既然租地，就假設租客長期租用，故此立約之時不想得失人情，明確寫出期滿之後退租的事，故此退租、交還、停止租用之類的字詞都避免寫出。

租地的合約，也不寫租約，而寫「租地建屋書」，好像雙方結盟而簽字為憑。

縱觀整份合約，多以文言寫成，客家話並無影響。只是在委婉其詞的時候，用了「有何意見」，就是客家口語。當然這也不是口語，而是受過教育的講話方式，故此用的是雅言「有何」，而不是口語「有乜介」。

是故，寫公文用文言，方言（漢語語種）的影響不大。在嚴肅場合用雅言講話，甚至不會在口語留下方言的痕跡。這張客家佬之間訂立的租約，與廣東人、北方人訂立的租約，從文字上是一樣的。

兩個中華民國

中華民國有兩個的，大家知道嗎？北洋政府袁世凱（歷任前清駐朝鮮總兵、山東巡撫、軍機大臣、直隸總督、內閣總理大臣）的中華民國，是滿洲大臣變政過來的，有憲法有國會，新舊並存，鈔票是用孔子行教像、出雲之龍、出海之華夏、大日之正照、太陽裏面有金烏（見下圖），國徽採用漢王朝的十二章服，國歌是用《書經・堯典》的詞、比利時音樂家用西洋編曲的《卿雲歌》。

孫中山北伐之後的中華民國，是列寧式的獨裁黨國，

兩個中華民國

國歌是黨國不分的《三民主義，吾黨所宗》，鈔票是孫中山一人，沒有天地河山，不見天日，也沒有揚帆出海（見下圖）。

我寫書，在序言用的民國紀年，是北洋政府的民國，不是孫中山蔣介石的民國。

中國曾經有很好的共和國，很好的國家制度。美好版本的民國，被西洋的 deep state（統治西方的官商高層集團）破壞了，大家知道嗎？你看孫中山、蔣介石這些人怎樣詆毀王朝中國、怎麼詆毀北洋與軍閥，就知道我們中毒甚深，我們在一直憎恨祖宗，我們無法復興華夏，走向現代。

兩個中華民國

現代中國之崩壞，孫中山是罪魁禍首，雖然他是革命的導師。孫中山沒有當過士大夫，眼界與北洋不同。現在淪落在台灣的中華民國，是敗壞的民國，是等而下之的蔣介石的民國，是風水尾、崇洋鬼，故此我由得台灣獨立去，滾出華夏，不要禍害中國。

袁世凱是清朝末帝君主立憲時期的內閣總理大臣（首相），即位為臨時大總統之後，採用前清漢官為政務官，立志反清復明，掃除異族統治，恢復華夏祭禮。可惜此等強國政策，為西洋所顧忌，故此 deep state 資助孫中山二次革命，將袁世凱時期的中華民國，改為孫中山時期的中華民國。

孫中山是基督徒，接受英美保護及日本資助革命、蘇聯資助北伐，並由美國華人共濟會洪門致公黨給予首領職位，可以聚集海外僑社。

袁世凱逼宣統帝退位之後，一九一二年九月二十日，袁世凱就任中華民國總統，頒佈《尊崇倫常文》，提倡國民尊崇倫常，他在《通令國民尊崇倫常文》中說：

「中華立國以孝悌忠信禮義廉恥為人道之大紀。政體雖更，民彝無改，……本大總統痛時局之阽危，怵紀綱之廢弛，每念今日大患，尚不在國勢，而在人心。苟人心有向善之機，即國本有底安之理。」

袁氏治國，以復興祭禮及忠孝為本。一九一三年六月二十二日，袁世凱頒佈《尊崇孔聖文》，並在《中華民國憲法草案》裏規定：「國民教育以孔子之道為修身大本」。一九一四年八月頒佈《暫行祭祀冠服制》，這是一部以明代祭服制度為主體，結合「周制」概念擬訂的祭祀冠服條例，恢復漢服式祭服，並於同年冬至在北京天壇舉辦現代祭天典禮。一九一四年九月二十五日，袁世凱又頒佈《祭孔令》，明令中央和各地方須在孔子誕辰之日舉行祭孔，並於二十八日舉行中華民國官方首次「官祭孔子」，又令財政部撥款修繕北京孔廟。一九一四年十一月三日，袁世凱在《箴規世道人心告令》中稱「忠孝節義」為國粹，指責革命黨迷惑人心，破壞社會倫常秩序：

「民國初年，一二桀黠之徒，利用國民弱點，遂倡為無秩序之平等，無界說之自由，謬種流傳，人禽莫辨，舉吾國數千年之教澤掃地無餘。求如前史所載忠孝節義諸大端，几几乎如鳳毛麟角之不可多得……一個國家不必愁貧，不必憂弱，惟獨國民道德若喪亡，則乃必魚爛土崩而不可救。」

閱讀袁世凱的國情咨文，便可知道當年他致力恢復華夏，對抗西洋之普世價值、平等權利（平權運動）及文化多元主義。這是一百年前的華夏文化復興，可惜被西洋 deep state 知道而盡情破壞，蘇聯扶植共產中國，繼續摧毀華夏文明。可惜袁世凱功敗垂成，遽然稱帝而壞了大事。倘若他服從憲政，只是將王朝中國順利過渡到共和中國，則華夏今日不至破敗如此。

袁世凱說的孔子安貧之教，今日讀之，可謂百感交集：「一個國家不必愁貧，不必憂弱，惟獨國民道德若喪亡，則乃必魚爛土崩而不可救。」因為共產中國、中華民國在台灣、香港特別行政區，都是國不成國。

保衛香港官話

作者／陳雲
總編輯／葉海旋
助理編輯／麥翠珏
封面及內文設計／Tsuiyip@TakeEverythingEasy Design Studio
出版／花千樹出版有限公司
地址：九龍深水埗元州街二九〇至二九六號一一〇四室
電郵：info@arcadiapress.com.hk
網址：www.arcadiapress.com.hk
印刷／標緻製作公司
初版／二〇一八年七月
ISBN: 978-988-8484-15-7